KIEN

MÚSICA   CULTURA POP   ESTILO DE VIDA   **COMIDA**
CRIATIVIDADE & IMPACTO SOCIAL

Gustavo Guertler (*publisher*)

Luís Henrique Fonseca (tradução)

Fernanda Lizardo (edição)

Ana Cristina Rodrigues (preparação)

Gabriela Peres (revisão)

Celso Orladin Jr. (adaptação da capa e de projeto gráfico e diagramação)

2024
Todos os direitos desta edição reservados à
Editora Belas Letras Ltda.
Rua Visconde de Mauá, 473/301 – Bairro São Pelegrino
CEP 95010-070 – Caxias do Sul – RS
www.belasletras.com.br

Dados Internacionais de Catalogação na Fonte (CIP)
Biblioteca Pública Municipal Dr. Demetrio Niederauer
Caxias do Sul, RS

A549r   Anderson, Robert Tuesley
      Receitas do mundo de Tolkien: inspiradas nas
lendas da Terra-média / Robert Tuesley Anderson;
tradutor: Luís Henrique Fonseca. - Caxias do Sul, RS:
Belas Letras, 2022.
      176 p.

      Título original: Recipes from the world of Tolkien:
inspired by the legends
      ISBN: 978-65-5537-250-2
         978-65-5537-249-6
         978-65-5537-251-9

      1. Receitas culinárias. 2. Tolkien, J. R. R. (John Ronald
Reuel), 1892-1973. I. Fonseca, Luís Henrique.
II. Título.

22/55   CDU 641.55

Catalogação elaborada por Vanessa Pinent, CRB-10/1297

RECEITAS DO MUNDO DE TOLKIEN

INSPIRADAS NAS LENDAS DA TERRA-MÉDIA

Robert Tuesley Anderson

1ª reimpressão/2024

SUMÁRIO

INTRODUÇÃO

Tanto em *O Hobbit* quanto em *O Senhor dos Anéis*, vemos guerreiros e heróis, grandes e pequenos, homens, anões, magos e hobbits — *principalmente* hobbits — um tanto interessados e até mesmo preocupados com comida. Há dezenas de referências a cafés da manhã, segundo café da manhã, almoços, jantares e banquetes — e muito mais referências a outros alimentos, dos pães de viagem a bebidas quase milagrosas.

Entretanto, a preocupação de Tolkien para com a comida é mais do que um mero detalhe. Suas descrições das refeições mencionadas são, em geral, detalhadas e afetuosas — demonstrando o verdadeiro prazer que personagens e criador sentem ao comer e beber. Como esquecer o cozido de coelho de Sam, improvisado na natureza para dar sustento ao seu querido amigo e mestre Frodo? Ou então dos bolinhos de mel e o hidromel de Beorn, "o troca-peles", ou o banquete vegetariano de Tom Bombadil e Fruta d'Ouro? A maior demonstração dessas habilidades de Tolkien é, com certeza, a festa inesperada que inicia *O Hobbit*, em que bolos, tortas e outras guloseimas de dar água na boca são empilhadas na nossa frente.

Há, contudo, um aspecto mais profundo por trás dessa onipresença da comida nas histórias de Tolkien. Em um nível, ela contribui para a estrutura narrativa. Tanto *O Hobbit* quanto *O Senhor dos Anéis* começam com festividades aconchegantes antes da aventura em si. Esse padrão se repete pelos livros, com crises de suspense e perigo seguidas de um descanso frequentemente marcado por alguma prazerosa refeição e assim por diante, convidando o leitor a um ciclo contínuo que se reveza entre emoções de tirar o fôlego e sensação de acolhimento e tranquilidade. Em outro nível, a comida das histórias traz por vezes um impacto emocional genuíno. O cozido de coelho que Sam prepara para Frodo representa um ato de amor, a oferta de uma visão esperançosa do lar em meio ao desespero.

Valfenda

A comida na obra de Tolkien representa companheirismo e amizade, amor e esperança, e — talvez o mais importante de tudo — um lar. Logo, não é nenhuma surpresa que o pão lembas dos elfos tenha um caráter espiritual, quase divino.

Neste livro, você encontrará uma coleção variada de receitas inspiradas nas comidas e pratos mencionados em *O Hobbit* e *O Senhor dos Anéis*. Algumas delas, como a Torta de Carne de Porco servida por Bilbo em sua festa (página 62), o Cozido de Coelho do Sam (página 156) e os Bolinhos de Mel de Beorn (página 28) são, até certo ponto, reinterpretações de pratos mencionados diretamente nos livros; outras, são uma homenagem mais rebuscada a personagens, pessoas e lugares, como as Chamas de Pimentão Recheado Assado (página 84), inspiradas nos balrogs cobertos de chamas, ou os Mexilhões dos Portos Cinzentos Grelhados ao Alho (página 96), em homenagem ao porto élfico.

As receitas foram organizadas conforme as seis refeições diárias dos hobbits — Café da Manhã, Segundo Café da Manhã, Lanche das Onze, Almoço, Chá da Tarde, Jantar —, embora várias delas certamente encaixar-se-iam tranquilamente em capítulos diferentes daquele no qual se encontram. Há também um capítulo final sobre bebidas que, assim como a comida, desempenham um papel importante nas histórias de Tolkien.

Tendo em mente tudo o que citamos nas últimas páginas, é chegada a hora de explorar os aromas e sabores da Terra-média. Esperamos que você se divirta testando, descobrindo e, claro, saboreando todos os ingredientes deliciosos que compõem estas receitas, e que o prato que você escolha preparar seja um transporte direto para o lendário mundo de Tolkien.

Holman Mão Verde,
um jardineiro hobbit

CAFÉ DA MANHÃ

Os hobbits de Tolkien começam o dia com um café da manhã caprichado e acham que não há nada mais desanimador do que começar a jornada cotidiana com o estômago vazio. Há sabedoria nisso, é claro, embora existam várias opções mais saudáveis do que a combinação favorita de Bilbo: ovos, bacon, chá e torrada quentinha com manteiga…

MINGAU

Rico em fibras, nutrientes e carboidratos complexos, uma tigela fumegante de mingau é a maneira perfeita de dar ao corpo o combustível necessário para o dia que se inicia. Se quiser algo ainda mais nutritivo e saboroso, também incluímos uma lista de coberturas inspiradas na Terra-média para você escolher.

Diferente do mingau simples e improvisado feito com aveia e água — o tipo de café da manhã que um viajante cansado poderia preparar durante uma jornada longa, como aquela realizada pelos hobbits —, o mingau caseiro com leite, mel, frutas, geleias e castanhas pode ser uma refeição refinada, perfeita para hobbits, anões e pessoas.

PARA 4-6 PESSOAS

PRÉ-PEPARO E COZIMENTO
15 MINUTOS

INGREDIENTES

1 litro de leite, podendo ser vegetal
500 ml de água
1 colher (chá) de extrato de baunilha
1 pitada de canela
1 pitada de sal
200 g de aveia em flocos

OPÇÕES DE COBERTURA

À moda dos beorning: Cubra com uma colherada de mel, salpique com castanhas e acrescente um punhado de frutas silvestres.

À moda dos hobbit: Finalize com uma colher de Geleia de Mirtilos com Mel do "Abelhão" (página 117) ou Geleia de Ameixa com Especiarias (página 120) e uma colherada de creme de leite.

À moda dos anões: Cubra com frutas secas e castanhas picadas.

À moda de Rohan: Cozinhe duas maçãs (descascadas, sem miolo e picadas) com um pouco de açúcar mascavo e água. Sirva o mingau com colheradas dessa cobertura.

À moda de Númenor: Regue com xarope de bordo (*maple syrup*), um figo picado grosseiramente e uma pitada de canela.

À moda de Gondor: Fatie um pêssego, grelhe-o levemente e junte ao mingau com um pouco de creme de leite.

1 Em uma panela grande, coloque o leite, a água, o extrato de baunilha, a canela e o sal. Leve ao fogo médio e deixe chegar lentamente à fervura. Junte a aveia, abaixe o fogo e cozinhe em fogo brando, mexendo ocasionalmente por 8-10 minutos até ficar cremoso e macio.

2 Distribua o mingau em tigelas e sirva com a cobertura de sua escolha.

AVEIA DORMIDA PARA VIAJANTES

Este café da manhã é fácil de fazer e de transportar. Prepare uma versão vegana usando leite e iogurte vegetal — aveia e coco são duas opções que funcionam bem. Você pode variar os sabores de acordo com seu gosto; tente acrescentar sementes e castanhas, maçã ou pera picadas, ou então frutas secas.

Aveia e outros grãos são alimentos práticos para levar em viagens longas. Quando mantidos em ambiente seco, duram bastante tempo e podem ser utilizados em receitas rápidas, fáceis e que saciam o apetite. Em suas longas jornadas, os heróis de Tolkien provavelmente levavam consigo uma boa quantidade de grãos, principalmente para alimentar seus cavalos e pôneis.

PRÉ-PREPARO E COZIMENTO

15 MINUTOS, MAIS DEMOLHA DE
UM DIA PARA O OUTRO

INGREDIENTES

50 g de aveia

110-120 ml de leite

1 colher (sopa) de iogurte natural.
Reserve mais um pouco para decorar
(opcional)

1 fio de mel ou xarope de bordo
(*maple syrup*)

frutas frescas de sua escolha para
decorar (opcional)

Sabores opcionais

¼ de colher (chá) de canela e um
punhado de mirtilos

1 punhado de framboesas e gotas de
chocolate

½ colher (sopa) de cacau em pó e
algumas cerejas

½ colher (sopa) de coco seco ralado e
alguns morangos

1 Em um recipiente ou pote de vidro, coloque
todos os ingredientes para a base de aveia e
misture. Se quiser, acrescente um dos sabores
opcionais da lista. Misture bem e deixe na
geladeira de um dia para o outro.

2 Se desejar, acrescente mais frutas ou iogurte
na hora de servir.

FEIJÃO DEFUMADO

Este feijão reconfortante e substancioso combina com um café da manhã à moda britânica — fica delicioso sobre torradas com manteiga — ou no almoço, recheando uma batata assada e arrematado com um pouco de queijo ralado por cima. Por ser um prato que aceita bem o congelamento, que tal já fazer uma porção bem grande?

As receitas da Terra-média costumam ser simples, deliciosas e satisfatórias. É uma refeição prática tipicamente britânica — muito embora a combinação de feijões com torradas não seja popular em muitos lugares — e está entre os pratos que ajudaram a definir a cultura gastronômica da Inglaterra. A missão de Tolkien ao criar a Terra--média foi inventar uma mitologia inglesa e, ao fazê-lo, entremeou elementos atemporais da cultura inglesa e britânica em suas obras, incluindo a culinária (o Peixe com Fritas da página 142 é outro exemplo).

PARA 4 PESSOAS
PRÉ-PREPARO E COZIMENTO
45 MINUTOS

INGREDIENTES

2 colheres (sopa) de óleo de canola
1 cebola roxa cortada em gomos
1 lata de 400 g de tomates, picados
2 colheres (sopa) de polpa de tomate
2 colheres (sopa) de açúcar mascavo escuro
3 colheres (sopa) de vinagre de vinho tinto
1 colher (chá) de páprica defumada
1 colher (chá) de mostarda inglesa em pó
275 ml de caldo de legumes
2 latas de 400 g de feijão-branco, enxaguado e escorrido
sal e pimenta-do-reino
2 colheres (sopa) de salsinha lisa picada para decorar

1 Em uma panela, aqueça o óleo, coloque a cebola e refogue por 3 minutos até começar a amaciar. Junte os tomates, a polpa de tomate, o açúcar, o vinagre, a páprica, a mostarda em pó e o caldo de legumes. Mexa até ferver, então abaixe o fogo e cozinhe em fogo brando, sem tampar a panela, por 20 minutos, até que tenha reduzido um pouco.

2 Acrescente os feijões escorridos no molho. Cozinhe lentamente por mais 15-20 minutos com a panela tampada, até engrossar, depois tempere com sal e pimenta e sirva sobre torradas ou recheando batatas assadas. Se desejar, decore com salsinha picada.

FRITADA DE BACON E COGUMELOS

O cheiro e o som do bacon fritando já bastam para deixar qualquer manhã especial. Neste prato, uma pequena quantidade de bacon rende bastante. As sobras desta fritada podem ser servidas frias no almoço, acompanhadas de uma salada.

Em O Hobbit, *o amor de Bilbo por bacon é inigualável. Após entregar a Pedra Arken para Bard, o Arqueiro, e para o Rei dos Elfos, evitando assim o conflito entre os homens de Valle, os elfos e os anões, Bilbo volta ao posto de vigia no portão da Montanha Solitária, imediatamente cai no sono e sonha com ovos e bacon. Pelo visto, mesmo após vivenciar as emoções de roubar tesouros e encontrar um dragão, Bilbo ainda valoriza as coisas simples da vida.*

PARA 4 PESSOAS
PRÉ-PREPARO E COZIMENTO
45 MINUTOS

INGREDIENTES

8 cogumelos portobello ou paris, cerca de 500 g ao todo
1 dente de alho bem picado (opcional)
azeite para regar
4 fatias de bacon de lombo defumado
6 ovos grandes
1 colher (sopa) de cebolinha-francesa picada e mais um pouco para decorar
1 colher (sopa) de mostarda em grãos
1 pedacinho de manteiga
sal e pimenta-do-reino

1 Em uma assadeira, disponha os cogumelos e acrescente o alho caso opte por usá-lo. Regue com um pouco de azeite, tempere com sal e pimenta e leve ao forno preaquecido a 180°C por 18-20 minutos, ou até os cogumelos ficarem macios. Deixe esfriar até que consiga manuseá-los sem se queimar.

2 Enquanto isso, disponha as fatias de bacon em uma frigideira de grelhar forrada com papel-alumínio, colocando o recipiente sob um gratinador ou um grill de forno devidamente preaquecidos. Cozinhe por 5-6 minutos, ou até ficar levemente crocante, virando uma vez durante o processo. Deixe esfriar um pouco e corte em tiras grossas.

3 Em uma tigela, coloque os ovos, a cebolinha-francesa e a mostarda, bata um pouco e tempere com pimenta.

4 Aqueça uma frigideira antiaderente grande (com cabo que possa ser levado ao forno), coloque a manteiga e derreta até começar a espumar.

5 Acrescente a mistura de ovos e cozinhe por 1-2 minutos, depois junte o bacon e os cogumelos inteiros com o lado do talo para cima. Cozinhe por mais 2-3 minutos ou até que esteja quase firme.

6 Coloque a frigideira sob um gratinador ou grill de forno preaquecidos por 2-3 minutos até terminar de firmar. Deixe esfriar bem e decore com um pouco de cebolinha--francesa. Sirva em fatias.

PURÊ COM REPOLHO

Conhecido na Inglaterra como *bubble and squeak* (borbulha e chia) por conta dos sons que o repolho libera durante o cozimento, este prato consistente aproveita as sobras ao máximo. Você pode incluir quaisquer vegetais cozidos que tiver sobrando na geladeira, como ervilha, cenoura, couve-de-bruxelas e alho-poró.

Hamfast Gamgi, o "Feitor", é o pai de Samwise Gamgi e foi jardineiro de Bilbo até seu filho assumir o cargo. Assim como o jovem Samwise, quem que não adoraria passar o tempo em Bolsão escutando as histórias incríveis de Bilbo? Histórias estas que fizeram o pai de Sam insistir que hobbits não deveriam se misturar com elfos e dragões, e unicamente se ater a lidar com repolhos e batatas!

PARA 4 PESSOAS
PRÉ-PREPARO E COZIMENTO
15 MINUTOS

INGREDIENTES

1 colher (sopa) de manteiga
4 fatias de bacon bem entremeado com
   gordura, picadas
1 cebola bem picada
1 dente de alho bem picado
350 g de repolho cozido e fatiado em tiras
400 g de purê de batatas frio

1 Em uma frigideira, derreta a manteiga e junte o bacon picado. Quando começar a dourar, acrescente a cebola e o alho.

2 Junte o repolho e cozinhe por 5-6 minutos até ganhar um pouco de cor. Junte o purê e misture tudo, apertando a mistura para cobrir o fundo da frigideira.

3 Cozinhe até que fique bem dourado por baixo e comece a grudar levemente na panela, então vire como uma panqueca e cozinhe até dourar do outro lado.

4 Tire da frigideira e sirva em fatias.

CAFÉ DA MANHÃ COMPLETO NA ASSADEIRA PARA VIAJANTES

Esta receita fica perfeita acompanhada de um bule de café quente. Prepare este café da manhã vegetariano sem frescuras em uma única assadeira, que deve ser colocada no meio da mesa para que todo mundo se sirva à vontade.

PARA 4 PESSOAS
PRÉ-PREPARO E COZIMENTO
45 MINUTOS

INGREDIENTES

500 g de batatas cozidas, cortadas em cubos
4 colheres (sopa) de azeite
alguns ramos de tomilho
250 g de cogumelos paris, aparados
12 tomates-cereja
4 ovos
sal e pimenta-do-reino
2 colheres (sopa) de salsinha picada para decorar

1 Em uma assadeira grande, espalhe os cubos de batata, formando uma camada uniforme. Regue com o azeite, cubra com os ramos de tomilho e tempere com sal e pimenta.

2 Asse por 10 minutos em forno preaquecido a 220ºC. Misture bem os cubos de batata, junte os cogumelos e volte a assadeira ao forno por mais 10 minutos. Acrescente os tomates e leve ao forno mais uma vez por mais 10 minutos. Faça 4 cavidades entre os vegetais e quebre um ovo com cuidado em cada uma delas. Volte a assadeira ao forno por 3-4 minutos até que os ovos estejam cozidos.

3 Finalize com a salsinha e sirva direto na assadeira.

As histórias de Tolkien são repletas de jornadas longas e refeições feitas na estrada (página 72). Este café da manhã é inspirado nos acampamentos e nos pratos preparados sobre as fogueiras. Para cozinhá-lo, basta apenas uma assadeira, mas não se engane: ele é repleto de ingredientes substanciosos que dão muita energia para um dia de caminhada. Esta receita é garantia de satisfação para todos os tipos de viajantes.

Página seguinte:
A Missão de Erebor

PÃO DE BATATA DO BEREN

Este pão singular é perfeito para absorver o sumo dos tomates salpicados com tomilho que o acompanham, mas também fica maravilhoso com a Manteiga de Maçã com Especiarias (página 46) ou levemente tostado e servido com manteiga para acompanhar a Sopa de História (página 88).

Dentre os homens, Beren talvez seja o maior herói de O Silmarillion. *Ele rouba uma joia Silmaril da coroa de Morgoth, derrota o lobo Carcharoth e é o único homem a voltar da morte. É interessante que também seja um dos poucos personagens confirmadamente vegetarianos nas obras de Tolkien. Ele deixa de comer carne em consideração aos animais que o ajudaram a sobreviver enquanto vivia como um fora da lei solitário.*

PARA 4 PESSOAS
PRÉ-PREPARO E COZIMENTO
4 HORAS

INGREDIENTES

375 g de batatas, descascadas e cortadas em pedaços grandes
1 colher (chá) de fermento biológico seco de ação rápida
1 colher (chá) de açúcar refinado
1 colher (sopa) de óleo de girassol, mais um pouco para untar
200 g de farinha de trigo para panificação, e mais um pouco para polvilhar
100 g de farinha de trigo integral para panificação
2 colheres (sopa) de alecrim picado
1 colher (sopa) de folhas de tomilho
sal e pimenta-do-reino preta

Para a cobertura
2 colheres (sopa) de azeite
250 g de tomates baby de cores variadas, cortados ao meio
½ colher (chá) de folhas de tomilho
½ colher (chá) de sal marinho em flocos
pimenta-do-reino

1 Em uma panela grande com água fervente e levemente salgada, cozinhe a batata por 15-20 minutos ou até que os pedaços estejam macios, porém não a ponto de desmancharem. Escorra muito bem e reserve o líquido do cozimento.

2 Em uma tigela grande, coloque 6 colheres (sopa) do líquido do cozimento e reserve para esfriar um pouco. Quando estiver morno, salpique o fermento, junte o açúcar, misture e deixe descansar por 10 minutos.

3 Amasse a batata com o azeite, junte o preparado de fermento e misture bem com uma colher de pau. Acrescente as farinhas, as ervas, o sal e a pimenta, depois passe para uma superfície levemente enfarinhada e sove bem para incorporar toda a farinha. Sove até a massa ficar macia e maleável, depois coloque-a em uma tigela levemente untada, cubra com plástico-filme e deixe descansar em um local morno por 1 hora, até crescer bem.

4 Em uma superfície levemente enfarinhada, sove a massa e molde-a em uma bola, coloque-a em uma assadeira e cubra com plástico-filme levemente untado. Deixe crescer em um local morno por 30 minutos. Risque uma cruz na massa com uma faca e asse no forno preaquecido a 220°C por 35-40 minutos, até crescer bem e formar uma casca crocante.

5 Transfira o pão para uma grade de resfriamento e deixe descansar por 30 minutos. Corte 4 fatias e toste-as um pouco.

6 Enquanto isso, em uma frigideira aqueça o azeite da cobertura, acrescente os tomates e cozinhe em fogo alto por 2-3 minutos, até que estejam macios. Junte o tomilho e os flocos de sal. Tempere com pimenta e sirva com as fatias tostadas do pão de batata.

MUFFINS DE PERA E CRANBERRY COM ESPECIARIAS

Estes muffins com cranberries são ótimos para um café da manhã para viagem. O segredo para conseguir muffins leves e aerados é não misturar demais a massa. Resista à tentação de misturá-la vigorosamente até ficar homogênea — os movimentos devem ser delicados. Não se preocupe se ficarem alguns grumos, pois eles serão desfeitos durante o cozimento.

RENDE 12 UNIDADES
PRÉ-PREPARO E COZIMENTO
35 MINUTOS

INGREDIENTES

40 g de cranberries secas
2 colheres (sopa) de água fervente
3 peras pequenas maduras
300 g de farinha de trigo comum
3 colheres (chá) de fermento químico
1 colher (chá) de canela em pó
½ colher (chá) de noz-moscada em pó
125 g de açúcar refinado, e mais um
   pouco para polvilhar
50 g de manteiga derretida
3 colheres (sopa) de azeite
3 ovos
150 g de iogurte natural

1 Em uma xícara, coloque as cranberries, acrescente a água fervente e deixe de molho por 10 minutos. Enquanto isso, descasque as peras, retire o miolo e corte-as em cubinhos.

2 Em uma tigela, coloque a farinha, o fermento, as especiarias e o açúcar. Reserve. Em outra tigela, usando um batedor, misture a manteiga com o azeite, os ovos e o iogurte, e a seguir incorpore na mistura de farinha.

3 Escorra as cranberries, junte-as à mistura de farinha, coloque também as peras e mexa levemente. Com a ajuda de uma colher, distribua a massa em forminhas de papel para muffin e coloque-as em uma fôrma de muffin com 12 cavidades. Polvilhe um pouco de açúcar refinado por cima.

4 Asse em forno preaquecido a 200ºC por 15–18 minutos, até que a massa cresça bem e os muffins estejam dourados.

5 Deixe esfriando na fôrma por 5 minutos, depois transfira para uma grade de resfriamento. Sirva os muffins mornos ou frios. São mais gostosos quando consumidos no dia em que foram preparados.

A história da Terra-média é cheia de joias e pedras preciosas, das Silmarils até a Pedra Arken. Um dos locais repletos dessas pedras são as Cavernas Cintilantes — chamadas de Aglarond na língua sindarin —, que ficam atrás do Abismo de Helm nas Montanhas Brancas. Com seu teto alto e abobadado, piso arenoso e paredes polidas incrustadas com pedras preciosas, cristais e veios de minérios, não é surpreendente que Gimli, o anão, tenha ficado tão maravilhado com a beleza das cavernas e então decidido retornar após a Guerra do Anel para fundar um novo reino de anões.

A massa destes muffins é pontilhada pelas cranberries vermelhas, assim como pedras preciosas cravejam a mina. Sua cor dourada também remete às pedras arenosas de Aglarond.

BOLINHOS DE MEL DO BEORN

Estas guloseimas — perfeitas para o café da manhã ou para um chá da tarde — são uma boa maneira de aproveitar bananas que já passaram do ponto.

Em O Hobbit, o grupo de Bilbo encontra Beorn, "o troca-peles", que além de ser chefe dos beornings, também parece ser um ótimo cozinheiro. O nome Beorn não se refere apenas a sua forma secundária como urso (o nome escandinavo Björn significa exatamente isso), mas também é uma espécie de trocadilho com seu apreço pela criação de abelhas (ursos amam mel!). Bolos de mel são uma de suas especialidades e são servidos a Thorin e companhia quando recebidos por Beorn durante a Missão de Erebor. Também existe uma versão deles que é assada duas vezes, semelhante a um biscoito (página 116).

RENDE 12 UNIDADES
PRÉ-PREPARO E COZIMENTO
45 MINUTOS

INGREDIENTES

125 g de farinha de trigo comum
1 colher (chá) de fermento químico
¼ de colher (chá) de bicarbonato de sódio
75 g de manteiga sem sal derretida
75 g de açúcar mascavo não muito escuro
2 ovos batidos
2 bananas pequenas bem maduras, amassadas
4 colheres (sopa) de mel translúcido

1 Forre uma fôrma de muffins de 12 cavidades com forminhas de papel para muffin.

2 Em uma tigela, peneire a farinha com o fermento químico e o bicarbonato de sódio. Reserve.

3 Em outra tigela, misture a manteiga derretida com o açúcar e as bananas amassadas. Acrescente então os ingredientes secos e misture tudo com cuidado até ficar uniforme. Distribua a massa nas forminhas de papel.

4 Asse em forno preaquecido a 160°C por 20-25 minutos, ou até que os bolinhos cresçam e estejam um pouco firmes ao toque.

5 Passe os bolinhos para uma grade de resfriamento e regue cada um deles com 1 colher (chá) de mel. Sirva mornos ou frios.

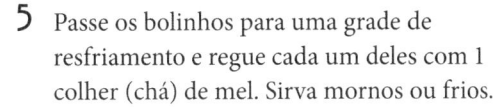

Beornings

HOBBITS E SUA COMIDA

Os hobbits adoram comida — na verdade, sua preocupação com a constância do estômago saciado é quase tão característica de sua raça quanto a baixa estatura e os pés peludos. Eles não são apenas bons de garfo como também ótimos cozinheiros, uma arte à qual se dedicam antes mesmo de aprender a ler e a escrever (se é que chegam a tanto!). Sam parece ser o melhor cozinheiro hobbit dentre aqueles que conhecemos, capaz de improvisar um banquete mesmo com os ingredientes mais básicos (veja o famoso Cozido de Coelho na página 156), embora Bilbo também pareça ser um padeiro e um confeiteiro de mão-cheia.

Tolkien é famoso pelo destaque dessa relação íntima entre os hobbits e a comida no seu prólogo de *O Senhor dos Anéis*, onde aprendemos sobre o amor deles por risadas e comida, e sua preferência por fazer seis refeições diárias "sempre que possível". O autor relata que ao final da Terceira Era a abundância se torna o normal para o Condado, a terra natal dos hobbits, e que memórias dos Dias de Privação (TE 1158-60) — um período de fome vigente logo após um surto de praga — agora não passavam de mero folclore.

Além disso, se os representantes que conhecemos nas histórias de Tolkien servem como exemplo, os hobbits de fato estão acostumados com suas seis refeições: todos são um pouco gordinhos — alguns mais do que outros (Fredegar Bolger, o "Gorducho", é um bom exemplo) — e passam muito tempo comendo, falando de comida e pensando em comida. Tolkien tempera o próprio *O Hobbit*, e também *O Senhor dos Anéis*, com referências ao amor de seus heróis hobbits por comida farta, assim como expõe suas preocupações com a próxima refeição quando eles se encontram perdidos pelos ermos da Terra-média.

O cardápio típico dos hobbits é aconchegante e caseiro. A festa inesperada de Bilbo nos permite uma degustação completa da alimentação diária dos hobbits (assim como uma noção da fartura presente em suas despensas — perceba o plural). Para atender aos pedidos de seus visitantes, o Sr. Bolseiro traz bolos de sementes, bolinhos amanteigados, geleia de framboesa, torta de maçã, frango frio, ovos, picles, salada e "um ou outro bolo extra", que são devorados acompanhados de cerveja clara e escura, vinho, chá e café.

Essas são as comidas da infância do próprio Tolkien, nos anos 1890 e 1900, e da Inglaterra nos períodos vitoriano e eduardiano, pelo menos para aqueles com vidas moderadamente prósperas — comidas consistentes, sem frescuras e que satisfazem o estômago. Mesmo para a Inglaterra multicultural dos dias de hoje, a festa de Bilbo, que mistura elementos de chá da tarde e jantar, continua a ser um banquete extremamente nostálgico. Ela também estabelece o padrão de referência para o julgamento de todas as outras refeições em *O Hobbit* e *O Senhor dos Anéis*.

SEGUNDO CAFÉ DA MANHÃ

Logo depois do começo de O Hobbit, *Bilbo Bolseiro — enfim pensando estar livre do imenso grupo de anões que desde a tarde anterior vinha devorando todo o seu estoque de alimentos — está quase começando a se sentir mais tranquilo, saboreando "um bom segundo café da manhã", quando é interrompido por Gandalf, que o convida para sua aventura… No nosso mundo, o segundo café da manhã pode se limitar a um lanchinho simples para dar aquela energia no meio da manhã, mas na sua forma mais substancial — especialmente no fim de semana — pode ser equivalente a um "brunch".*

COGUMELOS COM TORRADAS DO FAZENDEIRO MAGOTE

Estes cogumelos deliciosos, ricos em antioxidantes e uma das poucas fontes naturais da indispensável vitamina D, são o componente perfeito de uma refeição matinal saudável.

No início de O Senhor dos Anéis, *a caminhada de Frodo e de seus companheiros pelo interior do Condado oferece ao leitor uma visão calma e pastoral da vida dos hobbits — muito embora a ameaça dos Cavaleiros Negros seja iminente. O momento icônico neste ponto é o jantar na casa do fazendeiro Magote no Pântano, onde servem um prato imenso dos famosos (e deliciosos) cogumelos do fazendeiro.*

PARA 4 PESSOAS
PRÉ-PREPARO E COZIMENTO
15 MINUTOS

INGREDIENTES

25 g de manteiga
3 colheres (sopa) de azeite extravirgem, e mais um pouco para servir
750 g de cogumelos selvagens variados, como cogumelo-ostra, shiitake e paris, aparados e fatiados
2 dentes de alho triturados
1 colher (sopa) de tomilho picado
raspas e suco de 1 limão-siciliano
2 colheres (sopa) de salsinha picada
4 fatias de pão de fermentação natural
100 g de folhas variadas para salada
sal e pimenta-do-reino
queijo parmesão para servir

1 Em uma frigideira, derreta a manteiga com o azeite. Assim que a manteiga parar de espumar, acrescente os cogumelos, o alho, o tomilho, as raspas de limão, tempere com sal e pimenta e cozinhe em fogo médio, mexendo por 4-5 minutos, até que os cogumelos estejam macios. Finalize com salsinha e um pouco de sumo de limão-siciliano.

2 Enquanto isso, toste o pão e distribua pelos pratos de servir.

3 Cubra as torradas com uma quantidade uniforme de folhas de salada e os cogumelos. Regue com um pouco mais de azeite e suco de limão. Finalize com raspas de queijo parmesão e sirva imediatamente.

OVOS DE DRAGÃO

As manchinhas e riscos dão um aspecto fascinante a estes "ovos de dragão", fazendo deles um petisco matinal empolgante e delicioso, com sabores inspirados na culinária chinesa.

PARA 4 PESSOAS
PRÉ-PREPARO E COZIMENTO
2½ HORAS, MAIS 8 A 12 HORAS DE RESFRIAMENTO

INGREDIENTES

8 ovos
750 ml de água
1 colher (sopa) de molho de soja claro
1 colher (sopa) de molho de soja escuro
(mais denso e viscoso)
2 colheres (sopa) de folhas de chá preto
2 anises-estrelados
1 pau de canela
1 colher (sopa) de raspas finas da casca
de 1 laranja
sal
folhas crocantes de alface para servir

1 Em uma panela grande, coloque os ovos e 1 colher (chá) de sal, e cubra com água fria. Deixe ferver, reduza o fogo e cozinhe em fervura branda por 12 minutos. Tire do fogo, escorra e deixe esfriar. Quando estiverem frios, dê batidinhas com as costas de uma colher ao longo das cascas para rachá-las, mas não as remova. Reserve os ovos.

2 Em uma panela grande, misture 750 ml de água com os molhos de soja, ¼ de colher (chá) de sal, as folhas de chá, os anises-estrelados, a canela e as raspas de laranja. Deixe ferver, abaixe o fogo, tampe e cozinhe em fervura branda por 2 horas. Retire do fogo, acrescente os ovos e deixe-os de molho por 8 a 12 horas pelo menos.

3 Finalmente, descasque os ovos, corte-os ao meio e sirva com as folhas crocantes de alface, um belo prato temático de dragões para o brunch.

Os dragões estão entre as criaturas mais ferozes da Terra-média. Entre o astuto Glaurung, o poderoso Ancalagon, o Negro, e Smaug, o dragão vermelho e dourado da Montanha Solitária, percebemos que os dragões de Tolkien são capazes de causar uma destruição incomparável. Triunfe perante o poder sinistro dos dragões ao devorar seus ovos antes que sejam chocados.

BOLINHOS DE BATATA-DOCE COM ESPINAFRE

Deixe o brunch do fim de semana mais animado com estes bolinhos crocantes empanados com gergelim, que ficam deliciosos se mergulhados em ovos escalfados moles. Se desejar uma versão mais picante, acrescente um pouco de pimenta-dedo-de-moça fresca picada na mistura de batata.

Esta variação dos clássicos bolinhos conhecidos em inglês como hash browns *faz bom uso das viçosas folhas do espinafre. É bem provável que Hamfast Gamgi, o jardineiro de Bilbo, conhecido como "o Feitor", plantasse uma boa quantidade de espinafre durante o ano todo.*

PARA 4 PESSOAS

PRÉ-PREPARO E COZIMENTO
1 HORA

INGREDIENTES

500 g de batata-doce cortada em
  pedaços irregulares
125 g de folhas de espinafre
4 a 5 cebolinhas fatiadas
125 g de ervilhas-tortas em tiras finas
75 g de milho-verde
3 colheres (sopa) de sementes de
  gergelim
4 colheres (sopa) de farinha de trigo
Azeite para fritar
sal e pimenta-do-reino

1 Leve uma panela grande de água salgada ao ponto de fervura, acrescente a batata-doce e cozinhe por 20 minutos, até estar macia. Escorra as batatas, daí recoloque-as na panela e aqueça em fogo baixo por 1 minuto, mexendo sem parar, para evaporar qualquer excesso de umidade. Amasse a batata levemente com um garfo.

2 Enquanto isso, coloque as folhas de espinafre em um escorredor e despeje uma panela de água fervente por cima. A seguir enxágue o espinafre com água fria e esprema as folhas até ficarem quase secas. Junte o espinafre à batata amassada e acrescente também a cebolinha, a ervilha-torta e o milho. Tempere bem com sal e pimenta e deixe esfriar.

3 Usando as mãos, molde 12 bolinhos com essa mistura. À parte, misture a farinha com o gergelim e em seguida polvilhe os bolinhos.

4 Em uma frigideira antiaderente grande, aqueça um pouco de azeite (deve ficar quente, porém sem soltar fumaça) e então cozinhe 4 dos bolinhos em fogo médio-baixo por 4-5 minutos. Quando formar uma crosta crocante por baixo, vire os bolinhos com cuidado e cozinhe por mais 4-5 minutos do outro lado. Enquanto repete o processo com todos os bolinhos, mantenha aquecidos aqueles que já estiverem prontos. Pode ser que você precise colocar mais azeite na panela para cozinhar cada leva.

RÖSTI DE BATATA ᶜᵒᵐ CEBOLINHA

O rösti é uma ótima forma de aproveitar as batatas, e nesta receita damos um toque contemporâneo ao acompanhá-lo de um molho refrescante e ácido. Caso deseje uma versão mais simples do prato, ignore o molho e sirva os röstis com tomates e cogumelos grelhados.

Tolkien removeu todas as menções a tomates das edições revisadas de O Hobbit, *sob o pretexto de que eram um produto do Novo Mundo. No entanto, ele não usou da mesma lógica com outra espécie também oriunda das Américas: a batata. Sam sempre se refere às "papas" com muito carinho, tratando-as como germinações espontâneas da natureza (juntamente a cenouras e nabos) em Ithilien, a terra outrora bela entre Gondor e Mordor. Sam, portanto, adoraria este prato, ainda que pudesse ser surpreendido pelo molho "não canônico" de abacate e tomate.*

PARA 4 PESSOAS
PRÉ-PREPARO ᴇ COZIMENTO
45 MINUTOS

INGREDIENTES

875 g de batatas cozidas
6 talos de cebolinha em fatias finas
2 dentes de alho muito bem picados
1 ovo grande levemente batido
4 colheres (sopa) de óleo de girassol

Para o molho (opcional)
2 tomates italianos, sem sementes e
    picados grosseiramente
1 pimenta-dedo-de-moça, sem sementes
    e bem picada
1 cebola roxa pequena, cortada ao meio
    e depois em fatias finas
4 colheres (sopa) de coentro bem picado
2 abacates, descascados e cortados em
    fatias grosseiras
suco de 2 limões
1 colher (sopa) de óleo de abacate
sal e pimenta

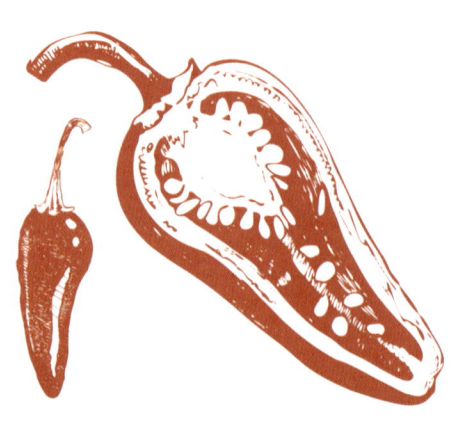

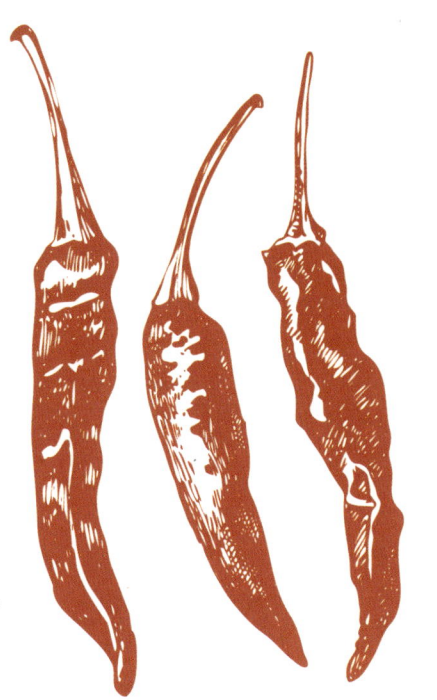

1 Descasque e rale as batatas grosseiramente. Junte a cebolinha, o alho e o ovo, usando os dedos para misturar os ingredientes uniformemente.

2 Aqueça uma frigideira antiaderente grande em fogo alto e coloque metade do óleo.

3 Divida a mistura de batata em 8 porções, que serão cozidas em duas levas. Com uma colher, coloque 4 das porções no óleo quente e achate-as para formar röstis com aproximadamente 8-10 cm de diâmetro. Cozinhe por cerca de 3-4 minutos de cada lado e transfira com cuidado para uma assadeira antiaderente grande. Repita o processo com o restante do óleo e as outras porções de batata, fazendo assim 8 röstis ao todo.

4 Se quiser acompanhá-las com o molho, basta misturar todos os ingredientes em uma tigela. Tempere-o a gosto e reserve até a hora de servir.

Página seguinte:
A Sociedade chega em Valfenda

BANNOCK

Os *bannocks* são pães achatados, de origem escocesa, cozidos na chapa. Sirva esta versão — que inclui sementes aromáticas de cominho — com manteiga e com a Geleia de Groselha com Alecrim (página 48). Você também pode preparar uma versão doce desta receita: basta trocar as sementes de cominho por um punhado de passas ou groselhas.

A concepção da alimentação élfica segundo Tolkien parece ter mudado um pouco ao longo do tempo: é bem provável que tenhamos impressões diferentes ao ler O Hobbit *e* O Senhor dos Anéis. *Em* O Hobbit, *pouco antes de o grupo chegar na casa de Elrond em Valfenda, Bilbo, Gandalf e os anões encontram alguns elfos, que por sua vez provocam os visitantes inesperados com uma canção satírica. Os elfos dizem na canção que o hobbit e os anões devem estar buscando algo para jantar, já que há bolinhos de carne e* bannocks *sendo assados na casa. Com isso, podemos pensar que de fato é uma comida mais terrena e não muito élfica — embora um leitor não familiarizado com a cultura escocesa possa ficar ainda mais confuso, pois talvez nem mesmo vá saber o que é um* bannock!

PRÉ-PREPARO E COZIMENTO

I HORA, MAIS O TEMPO PARA
A MASSA CRESCER

INGREDIENTES

450 g de farinha de trigo para panificação,
   e mais um pouco para polvilhar

50 g de fubá grosso

7 g de fermento biológico instantâneo de
   ação rápida

I colher (chá) de sal

350 ml de água morna

75 ml de azeite, e mais um pouco para
   pincelar

I colher (chá) de sementes de cominho,
   e mais um pouco para decorar

sal marinho em flocos para decorar
   (opcional)

1   Em uma tigela, misture a farinha, o fubá, o fermento e o sal. Junte a água morna, 3 colheres (sopa) do azeite e as sementes de cominho. Misture bem para formar uma massa.

2   Sove a massa em uma batedeira por 5 minutos, ou manualmente em uma superfície levemente enfarinhada por 10 minutos, até que a massa esteja macia e elástica. Coloque-a em uma tigela levemente untada, cubra com plástico-filme e deixe em um local morno por aproximadamente 1 hora, até que dobre de tamanho.

3   Coloque a massa em uma superfície levemente enfarinhada, dê uma pancada e depois sove algumas vezes até remover o ar. Divida a massa em 8 bolinhas do mesmo tamanho e mantenha-as cobertas, sem apertar, com plástico-filme levemente untado. Abra cada bolinha até que fique com 5 mm de espessura.

4   Aqueça uma frigideira para grelhados (deve estar bem quente). Pincele os *bannocks* com um pouco de azeite e então cozinhe-os, sempre em pequenas levas, por 3 a 4 minutos de cada lado, até que estejam levemente tostadinhos e bem cozidos. Depois de prontos, devem ser partidos em pedaços grandes e irregulares, e servidos ainda mornos. Se desejar, você pode decorá-los com algumas sementes de cominho e sal marinho em flocos.

BRUSCHETTA DE FRUTAS SILVESTRES

Estas bruschettas são a cara do verão, e a doçura dos morangos em contraste com o queijo feta salgado e o agrião levemente amargo formam uma bela combinação para um brunch refrescante. Você também pode substituir os morangos por pêssegos frescos, servindo-os em fatias.

Uma das cenas mais icônicas em O Senhor dos Anéis é o encontro dos hobbits com o misterioso Tom Bombadil e sua esposa Fruta d'Ouro. O casal oferece um refúgio quente e seguro para que os hobbits se recuperem após Tom salvá-los das garras do Velho Salgueiro na Floresta Velha. Para o jantar, servem "pão, manteiga, queijo com ervas e frutas maduras".

Nesta receita, reinterpretamos esses ingredientes de maneira apetitosa e atraente: uma bruschetta de frutas silvestres, uma variação inesperada da tradicional receita com tomates.

PARA 4 PESSOAS
PRÉ-PREPARO E COZIMENTO
20 MINUTOS

INGREDIENTES

2 baguetes de fermentação natural
  (como pão italiano), fatiadas
2 colheres (sopa) de azeite extravirgem
200 g de morangos, sem o talo e
  picados grosseiramente
1 punhado grande de mirtilos
125 g de queijo feta esfarelado
Alguns ramos de agrião
Redução de vinagre balsâmico para servir

1 Corte as baguetes em fatias de 1,5 cm. Disponha as fatias em uma assadeira e regue com o azeite. Asse no forno preaquecido a 200ºC por 10-12 minutos, até dourar.

2 Tire do forno e cubra as torradas com os morangos, os mirtilos e o queijo feta. Finalize com alguns ramos de agrião se desejar.

BARRINHAS DE TÂMARA COM GERGELIM

Estas barrinhas práticas são ideais para comer a caminho do trabalho ou como um lanchinho no meio da manhã. Você pode variar a receita trocando as tâmaras pela mesma quantidade de qualquer outra fruta seca — experimente com damasco, cereja, cranberry ou mirtilo.

RENDE 16 UNIDADES
PRÉ-PREPARO E COZIMENTO
45 MINUTOS

INGREDIENTES

125 g de manteiga sem sal
75 g de açúcar refinado dourado*
1 colher (sopa) de mel
150 g de tâmaras sem caroço picadas
125 g de farinha de trigo com fermento
125 g de aveia em grãos picados
50 g de sementes de gergelim

Se não conseguir encontrar este ingrediente, pode fazer uma versão caseira batendo açúcar demerara no processador de alimentos. Meça novamente após bater. (N. T.)

1 Unte uma assadeira rasa de aproximadamente 18 x 28 cm.

2 Em uma panela, coloque a manteiga, o açúcar e o mel e aqueça lentamente até derreter a manteiga, em seguida tire do fogo e junte as tâmaras.

3 Em uma tigela, coloque a farinha e a aveia. Junte o gergelim, porém reservando 2 colheres (sopa) para a decoração, e então acrescente a mistura de manteiga e misture bem até incorporar todos os ingredientes.

4 Distribua a mistura pela assadeira e nivele a superfície. Polvilhe com as sementes de gergelim reservadas.

5 Asse em forno preaquecido a 175ºC por 20-25 minutos, ou até dourar e ficar firme ao toque. Deixe esfriar ainda na assadeira, depois transfira para uma tábua e corte em 16 barrinhas.

É fácil imaginar estas barrinhas deliciosas, fartas de tâmara, sendo consumidas como fonte de energia pelos povos nômades de Harad ao longo de suas jornadas pelo deserto e pelas controversas terras ao sul de Gondor.

MANTEIGA DE MAÇÃ COM ESPECIARIAS

Uma receita realmente versátil que vai bem com torradas, pães e muffins, assim como queijos e biscoitos, panquecas e waffles. Também fica ótima se misturada ao Mingau de aveia da página 12 ou também às Aveias Dormidas da página 14.

Esta receita é inspirada em uma cena de O Senhor dos Anéis, *quando os hobbits e seu novo companheiro, Passolargo, deixam a cidade de Bri, e Sam tenta acertar uma maçã no detestável Bill Samambaia, que está escondido atrás de uma cerca-viva. Certamente um desperdício de um belo fruto, então eis aqui uma sugestão para melhor uso dele!*

RENDE 3-4 POTES

PRÉ-PREPARO E COZIMENTO
2 HORAS

INGREDIENTES

1,25 kg de maçãs mais firmes para cozimento, picadas grosseiramente

1 pau de canela

1 colher (chá) de noz-moscada ralada na hora

1 limão-siciliano picado

600 ml de água

Cerca de 625 g de açúcar cristal

1. Em uma panela adequada para fazer geleia (larga, laterais baixas, de inox e fundo grosso), coloque a maçã, as especiarias, o limão-siciliano picado e a água. Leve à fervura, depois abaixe o fogo, tampe e cozinhe em fervura branda por 1 hora ou até que a fruta seja reduzida a uma polpa.

2. Bata em levas pequenas usando um processador de alimentos.

3. Passe a mistura por um coador fino, pese o purê de frutas resultante e transfira-o para uma panela limpa. Para cada meio quilo de purê, coloque um pouco menos de 2 xícaras (chá) de açúcar e cozinhe em fogo baixo sem parar de mexer, até o açúcar dissolver por completo. Daí aumente o fogo para médio e cozinhe por cerca de 30 minutos, mexendo com frequência, até que a mistura seja reduzida à metade, esteja espessa e brilhante e escorra lentamente de uma colher de pau.

4. Com uma concha, transfira o purê para potes esterilizados ainda mornos e secos, preenchendo-os até a boca. Feche com tampas de rosca ou com discos de cera e cobertura de celofane, vedando com elásticos. Etiquete e deixe esfriar.

GELEIA DE GROSELHA COM ALECRIM

O toque picante da combinação da groselha com o alecrim complementa a doçura da maçã para formar esta geleia encorpada que combina muito bem com torradas no café da manhã, e também como condimento para servir com peixes oleosos.

Esta geleia é inspirada no amor de Samwise Gamgi por ervas aromáticas. Ao preparar seu Cozido de Coelho na jornada para Mordor (página 156), Sam pede que Gollum/Sméagol encontre algumas ervas para agregar mais sabor ao prato (no fim das contas, ele mesmo acaba indo buscar as ervas). Por ser um jardineiro habilidoso, é provável que esse hobbit esperto sempre tivesse ervas frescas disponíveis em sua horta no número 3 da rua do Bolsinho, e que também as utilizasse sempre que possível.

RENDE 3-4 POTES
PRÉ-PREPARO E COZIMENTO
1 HORA, MAIS O TEMPO DE ESCORRER

INGREDIENTES

1,5 kg de groselhas frescas*, sem necessidade de cortar as pontinhas
1 litro de água
4-5 ramos de alecrim fresco
Cerca de 875 g de açúcar cristal
15 g de manteiga (opcional)

* Se você não tiver acesso a groselhas frescas, as melhores opções de substituição são frutas mais ácidas, como cranberries frescas ou então ruibarbo.

1   Em uma panela adequada para geleias — de inox, fundo grosso, larga e com laterais baixas —, coloque as groselhas, a água e o alecrim (evite panelas de alumínio, pois o ácido das frutas reagirá com este metal). Deixe ferver, tampe e cozinhe em fervura branda por 20-30 minutos. De tempos em tempos, mexa e vá amassando as frutas com um garfo, até que estejam bem macias.

2   Deixe esfriar um pouco e despeje dentro de um filtro de pano escaldado, que deve ser pendurado sobre uma tigela grande. Deixe escorrendo por várias horas.

3   Meça o líquido translúcido resultante e despeje-o de volta na panela de geleia devidamente higienizada. Para cada 600 ml de líquido, coloque na panela 500 g de açúcar. Aqueça cuidadosamente, mexendo de tempos em tempos, até dissolver o açúcar por completo.

4   Leve à fervura e deixe ferver rapidamente até atingir o ponto de endurecimento (10-15 minutos). Se começar a formar espuma na superfície, tire com uma escumadeira ou acrescente a manteiga e misture para desfazê-la.

5   Com uma concha, transfira para potes esterilizados, secos e mornos, preenchendo-os até a boca. Feche com tampas de rosca ou com discos de cera e cobertura de celofane, vedando com elásticos. Etiquete e deixe esfriar.

LANCHE DAS ONZE

Entre fãs de Tolkien, há um certo debate que questiona se o lanche das onze é uma refeição diferente do segundo café da manhã e discute a diferenciação das seis refeições diárias dos hobbits. O termo "elevenses" é certamente comum na língua inglesa para se referir a um lanchinho ao final da manhã, mas Tolkien só usa esse termo uma única vez, em sua descrição da "festa muito esperada" (a comilança daquele dia começa nesse período). Além disso, Bilbo consome o segundo café da manhã só por volta de dez e meia, ou seja, meia hora antes das onze, então as duas refeições parecem coincidir na questão do tempo. Talvez a única coisa importante seja que hobbits gostam de comer... e muito.

CALDEIRÕES DE COGUMELOS

Estes quitutes deliciosos de massa com recheio salgado são perfeitos para um lanche ao final da manhã. Você pode variar as ervas dependendo do que tiver à disposição, mas cogumelos combinam particularmente bem com estragão.

Em alguns dos rascunhos de Tolkien, que vieram a se tornar O Silmarillion, *durante os Anos das Árvores, os Valar colhiam o orvalho luminoso de Telperion, a Árvore Prateada, e o armazenavam no caldeirão chamado Silindrin. Em dado momento, o conteúdo do caldeirão foi usado na criação do sol após a destruição das Duas Árvores por Melkor e Ungoliant.*

Estes caldeirõezinhos de massa são inspirados no grande caldeirão onde foi criado o sol. Delicie-se no calor e na luz solar dessa iguaria.

RENDE 16 UNIDADES
PRÉ-PREPARO E COZIMENTO
30 MINUTOS

INGREDIENTES

100 g de manteiga
6 folhas de massa filo pronta
1 cebola pequena, bem picada
1 dente de alho, picado
250 g de cogumelos mistos, aparados e cortados em fatias finas
125 g de queijo mascarpone
2 colheres (chá) de ervas picadas, como estragão, cerefólio e cebolinha-francesa, e mais um pouco para decorar (opcional)
sal e pimenta-do-reino

1 Derreta a manteiga. Pincele a superfície de 3 folhas de massa filo e empilhe-as como um sanduíche. Repita o processo com as outras 3 folhas e corte cada "sanduíche" em 6 quadrados Unte uma fôrma para muffins com 12 cavidades e coloque um quadrado de massa filo em cada uma delas, encaixando-as com delicadeza. Asse em forno preaquecido a 180ºC por 8-10 minutos, até que a massa esteja crocante.

2 Enquanto isso, em uma frigideira derreta o restante da manteiga e cozinhe a cebola e o alho em fogo médio por 6-7 minutos, mexendo de tempos em tempos, até dourar e amaciar. Acrescente os cogumelos e cozinhe por mais 3-4 minutos, até ficarem macios.

3 Junte o mascarpone, as ervas, uma pitada de sal e pimenta, então retire do fogo. Distribua o recheio pelos copinhos de massa, decore com cebolinha-francesa cortada com tesoura e sirva ainda quente.

CRAM

Estes pães achatados densos e substanciosos são a base perfeita para coberturas variadas, desde conservas e queijo até salmão defumado e carnes curadas. Abuse da criatividade na escolha dos acompanhamentos e leve estes pãezinhos no seu próximo piquenique. Eles duram até uma semana se forem armazenados em um pote hermético.

RENDE 20 UNIDADES
PRÉ-PREPARO E COZIMENTO
40 MINUTOS

INGREDIENTES

125 g de aveia em flocos finos

75 g de farinha de trigo, e mais um pouco para polvilhar

4 colheres (sopa) de sementes mistas, como sementes de papoula, linhaça e gergelim

½ colher (chá) de sal de aipo ou sal marinho

½ colher (chá) de pimenta-do-reino preta moída na hora

50 g manteiga sem sal, gelada e cortada em cubos

5 colheres (sopa) de água fria

1 Em uma tigela ou processador de alimentos, coloque a aveia, a farinha, as sementes, o sal e a pimenta. Acrescente a manteiga e vá incorporando-a com as pontas dos dedos, ou processe até que a mistura pareça uma farofa. Coloque a água e misture ou bata até formar uma massa firme, acrescentando um pouco mais de água caso a massa pareça seca.

2 Em uma superfície levemente enfarinhada, abra a massa até ficar com 2,5 mm de espessura. Corte 20 discos usando um cortador de biscoito, liso ou canelado, com 6 cm de diâmetro. Abra as aparas novamente para fazer mais biscoitos. Disponha os discos em uma assadeira grande untada, levemente separados entre si.

3 Asse em forno preaquecido a 180ºC por cerca de 25 minutos, até que a massa esteja firme. Transfira para uma grade de resfriamento e deixe esfriar.

Cram é um tipo de pão de viagem feito pelos homens de Valle, tanto para consumo quanto para a venda aos anões de Erebor.

PÃO LEMBAS

Com o toque picante da pimenta, este pão é delicioso ainda quentinho, recém-saído do forno, e combina bem com o Feijão Defumado da página 16 ou acompanhado por algumas fatias de bacon crocante. Também fica muito bom com queijo cheddar maturado e com o Picles Adocicado de Pepino (página 59).

O pão lembas alimenta a alma ainda mais do que o estômago, ajudando os viajantes a manterem sua perseverança para superar obstáculos formidáveis e distâncias intimidadoras. Galadriel presenteia a Sociedade com um suprimento de pães lembas, individualmente embrulhados em folhas de mallorn, para nutrir os aventureiros nos períodos de adversidade vindouros.

De acordo com O Silmarillion, o lembas foi inicialmente criado por Yavanna, a rainha dos Valar responsável por todas as coisas que crescem na terra, a partir de um milho especial que brotava em Aman. Portanto, é provável que o pão tivesse a textura e a aparência semelhantes a um pãozinho de milho caseiro.

PRÉ-PREPARO E COZIMENTO
45 MINUTOS

INGREDIENTES

150 g de farinha de trigo
150 g de farinha de milho para polenta
1 colher (chá) de sal
2 colheres (chá) de fermento químico
1 colher (sopa) de açúcar refinado
3 colheres (sopa) de queijo parmesão
  ralado ou um equivalente vegano
1 punhado de salsinha fresca, bem picada
1 pimenta-dedo-de-moça, sem sementes
  e bem picada
3 colheres (sopa) de azeite
2 ovos batidos
300 ml de leitelho

1 Unte uma fôrma de bolo quadrada de 20 cm.

2 Em uma tigela grande, peneire as farinhas, o sal e o fermento. Junte o açúcar, o queijo, a salsinha e a pimenta.

3 À parte, misture o azeite com os ovos e o leitelho, depois incorpore os ingredientes secos com cuidado até ficar uniforme.

4 Despeje a mistura na fôrma e leve ao forno preaquecido a 190°C por 30-35 minutos, até dourar.

5 Tire do forno e coloque em uma grade de resfriamento para esfriar um pouco antes de cortar em 16 quadrados. Este pão pode ser comido morno ou frio, e fica melhor se consumido no mesmo dia.

Yavanna

PÃEZINHOS BRANCOS ÉLFICOS

Estes pães são ideais para acompanhar sopas e cozidos, além de perfeitos para servir com o Guisado da Cidade do Lago na página 154. Se quiser fazer uma versão de queijo e cebola, troque as sementes por 5 cebolinhas bem picadas e rapidamente refogadas (cerca de 1 minuto) em 1 colher (sopa) de azeite. Depois de pincelar os pães, polvilhe-os com 3 colheres (sopa) de queijo parmesão ralado na hora.

Lembas pode ser o pão élfico mais famoso, mas aparentemente não é uma iguaria para consumo diário, pois conforme nos conta Tolkien, um só bocado enche o estômago de um homem por um dia inteiro. Em seu cotidiano, elfos apreciam pães brancos leves e aerados, fato devidamente descoberto por Frodo e seus companheiros ao se deparar com um grupo de altos-elfos nas Colinas Verdes do Condado.

RENDE 12 PÃEZINHOS
PRÉ-PREPARO E COZIMENTO
2 HORAS JÁ INCLUINDO O TEMPO DE DESCANSO

INGREDIENTES

5 g de fermento biológico seco ativo

300 ml de água morna (não quente)

500 g de farinha de trigo para panificação, e mais um pouco para polvilhar

1 colher (chá) de sal, e mais 1 pitada

25 g de manteiga cortada em cubos

4 colheres (sopa) de sementes de girassol

2 colheres (sopa) de sementes de papoula

2 colheres (sopa) de sementes de abóbora

1 gema

1 pitada de sal

1 colher (sopa) de água fria

1 Despeje o fermento na água morna, misture bem e deixe descansar por 10 minutos, até começar a espumar. À parte, em uma tigela grande, peneire a farinha e o sal, depois junte a manteiga. Vá esfarelando a manteiga na farinha até formar uma farofa fina. Acrescente as sementes e misture.

2 Faça uma cavidade no centro e despeje a mistura de fermento. Mexa bem com uma colher de pau e então use as mãos para moldar até obter uma massa firme.

3 Sove por 5 minutos, até que a massa esteja firme, elástica e não esteja mais grudenta. Volte-a para a tigela, cubra com plástico-filme e deixe descansar em um local morno por 30 minutos, até a massa dobrar de tamanho.

4 Retire a massa da tigela novamente e sove-a de novo para tirar o ar, depois divida-a em 12 pedaços. Sove cada pedaço rapidamente, faça um pequeno rocambole com cada um ou então enrole a massa inteiriça para formar um cilindro grande e faça um nó frouxo. Coloque os pães em uma assadeira levemente untada, cubra com um pano de prato limpo e deixe descansar em um lugar morno por 30 minutos, até que quase dobre de tamanho.

5 Em uma tigela pequena, misture a gema com uma pitada de sal e a água fria. Pincele essa mistura por cima dos pães para dar brilho e cor ao assar. Asse em forno preaquecido a 200°C por 15-20 minutos, até que estejam dourados e com barulho oco ao bater de leve na base. Retire do forno e deixe esfriar um pouco.

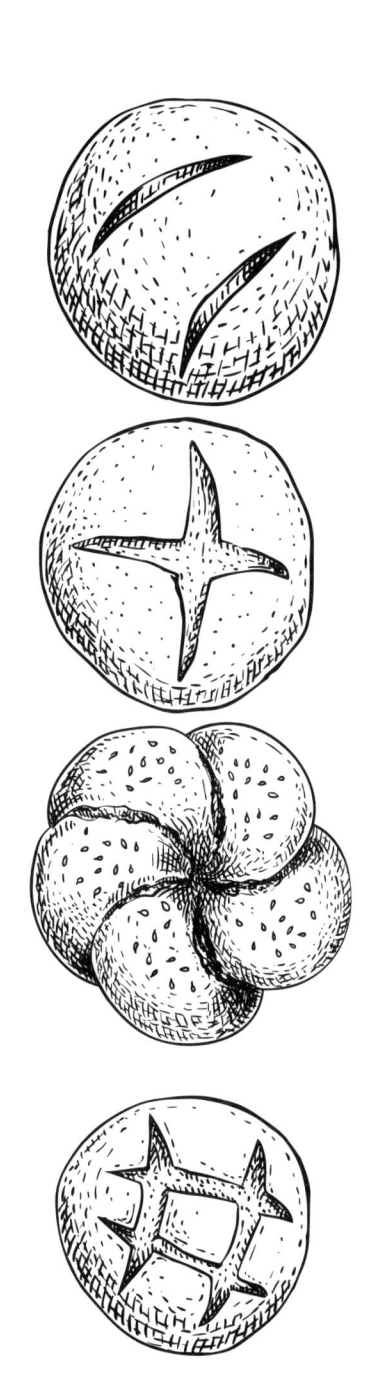

Gandalf

PICLES ADOCICADO DE PEPINO

Ideais para dar um toque especial em qualquer sanduíche com seu sabor condimentado, estes picles também ficam ótimos com carne bovina e truta defumada a quente, ou também como acompanhamento para uma tábua de queijos. Caso deseje uma versão mais picante, acrescente 2 colheres (chá) de sementes de mostarda.

O preparo de picles e de outras conservas era uma habilidade essencial para donas de casa e cozinheiros da era vitoriana, e também aparentemente para hobbits. Bilbo com certeza devia ter um bom estoque de picles em suas despensas, e Gandalf parecia saber bem disso quando pediu que o coitado do hobbit lhe trouxesse um pouco para acompanhar o frango frio. Ser mago com certeza tem seus benefícios!

RENDE 3 POTES
PRÉ-PREPARO E COZIMENTO
30 MINUTOS MAIS 4 HORAS DE DEMOLHA
E 3-4 SEMANAS DE MATURAÇÃO

INGREDIENTES

2 pepinos grandes cortados em fatias finas
1 cebola média cortada em fatias finas
50 g de sal
450 ml de vinagre de vinho branco
375 g de açúcar cristal
½ colher (chá) de cúrcuma
2 colheres (chá) de sementes de erva-doce
½ colher (chá) de pimenta-calabresa em flocos
¼ de colher (chá) de grãos de pimenta esmagados grosseiramente

1 Em uma tigela, distribua o pepino e a cebola em camadas intercaladas com o sal, cubra com um prato e coloque um peso por cima. Deixe de molho por 4 horas.

2 Enquanto isso, coloque o vinagre em uma panela, junte o açúcar e o restante dos ingredientes e aqueça lentamente, mexendo de tempos em tempos até que o açúcar se dissolva por completo. Depois, deixe esfriar.

3 Transfira o pepino e a cebola para um escorredor e escorra todo o líquido. Enxágue com bastante água fria e escorra bem. Reaqueça a mistura de vinagre só até começar a ferver. Junte o pepino e a cebola escorridos, cozinhe por 1 minuto, depois tire do vinagre com uma colher vazada ou escumadeira e compacte em potes esterilizados ainda mornos e bem secos. Ferva a mistura de vinagre restante por 4-5 minutos, até ficar com a aparência de uma calda e então deixe esfriar. Despeje a mistura já fria de vinagre por cima das fatias de pepino e cebola até cobrir completamente e encher os potes até a boca (coloque mais vinagre, se necessário).

4 Tampe os potes, etiquete e deixe maturar em um local frio e escuro por 3-4 semanas.

CONSERVA DE BETERRABA COM ESPECIARIAS DOS ANÕES

A conserva caseira de beterraba é um acompanhamento clássico para queijos e frios. Esta versão condimentada e mais intensa pode ser servida em saladas e sanduíches, ou como cobertura para o Cram (página 53).

A vida nas minas subterrâneas dos anões de Tolkien nos faz crer que eles dependiam de alimentos em conserva enquanto aguardavam pelas entregas de alimentos frescos da superfície. Esta receita usa um legume que pode ser armazenado por bastante tempo enquanto estiver maturando na despensa, o que prolonga sua validade por 3-4 semanas a mais do que outras conservas. As beterrabas em conserva são aquele sabor extra muito necessário ao final de um longo inverno.

RENDE 3 POTES
PRÉ-PREPARO E COZIMENTO
1-1½ HORA MAIS 3-4 SEMANAS DE MATURAÇÃO

INGREDIENTES

1 kg de beterraba (aproximadamente 10 unidades pequenas), com as folhas aparadas até cerca de 2 cm do topo
600 ml de vinagre de malte
125 g de açúcar cristal
1 pedaço de 3,5 cm de gengibre fresco, descascado e bem picado
4 colheres (chá) de bagas de pimenta-da-jamaica, trituradas grosseiramente
½ colher (chá) de grãos de pimenta preta, triturados grosseiramente
½ colher (chá) de sal

1 Em uma panela com água fervente, cozinhe as beterrabas por 30-60 minutos, a depender do tamanho delas, ou até que seja possível espetar uma faca na maior delas. Escorra-as, deixe esfriar e descasque-as.

2 Enquanto isso, em uma panela, coloque o vinagre com o açúcar e o restante dos ingredientes. Aqueça cuidadosamente, mexendo de tempos em tempos, até dissolver todo o açúcar. Aumente o fogo e cozinhe em fervura branda por 3 minutos. Retire do fogo e deixe esfriar.

3 Corte as beterrabas em pedaços irregulares e compacte-as dentro de potes esterilizados ainda mornos e bem secos. Despeje a mistura fria de vinagre por cima, cobrindo bem os pedaços de beterraba; o vinagre deve chegar até a boca dos potes para evitar a entrada de ar (coloque mais vinagre, se necessário).

4 Tampe os potes, etiquete-os e deixe maturar em um local frio e escuro por 3-4 semanas.

PICLES DE PÊSSEGO

Sinta o sabor do verão mesmo durante os meses mais frios com este picles de pêssego muito rápido e fácil de preparar. Sirva-o com carnes assadas tais como porco, frango ou pato, ou então com queijos fortes.

O pêssego do mundo real é originário da China e chegou à Europa pela primeira vez através da Pérsia, daí o motivo do seu nome em muitos dos idiomas europeus (do termo em latim para "maçã persa"). Embora os pêssegos não sejam mencionados nos livros de Tolkien, podemos facilmente imaginá-los crescendo no clima mediterrâneo de Gondor, talvez na região mais verde e irrigada de Lebennin, que na Terra-média se localiza numa latitude semelhante ao sul da Itália, uma região também famosa por seus pêssegos.

RENDE UM POTE GRANDE
PRÉ-PREPARO E COZIMENTO
2 HORAS

INGREDIENTES

300 ml de vinagre de malte branco
500 g de açúcar cristal
1 colher (chá) de cravos inteiros
1 colher (chá) de bagas inteiras de pimenta-da-jamaica
1 pedaço de 7 cm de canela em pau, cortado ao meio
1 kg de pêssegos pequenos, descaroçados e cortados ao meio

1 Em uma panela alta e grande, aqueça lentamente o vinagre, o açúcar e as especiarias até que o açúcar se dissolva por completo. Acrescente os pêssegos e cozinhe muito delicadamente por 4-5 minutos, até começarem a amaciar, porém sem perder totalmente a firmeza. Use uma escumadeira ou colher vazada para retirar os pêssegos e compacte-os em um pote grande esterilizado ainda morno e bem seco.

2 Ferva o xarope da conserva por 2-3 minutos para acentuar os sabores e então despeje-o por cima das frutas, enchendo o pote até a boca. Acrescente um pouco mais de vinagre, se necessário.

3 Para impedir que as frutas boiem e saiam do vinagre dentro do pote, coloque por cima um pedaço de papel-manteiga amassado. Feche com uma tampa, etiquete e deixe esfriar.

4 Após algumas horas, os pêssegos começarão a boiar no pote, mas voltarão a afundar conforme forem ficando saturados com a calda da conserva; a partir desse momento, estarão prontos para consumo. Um pote bem selado pode ser guardado por até 6 semanas.

TORTA DE CARNE DE PORCO

Esta torta é perfeita para qualquer ocasião, embora seu preparo seja um tiquinho demorado. É uma ótimo opção para incrementar um bufê, vai bem em um lanchinho ao final da manhã e é excelente para piqueniques e almoços acompanhada de tomates e picles fatiados — experimente-a com o Picles Adocicado de Pepino da página 59.

> No começo de O Hobbit, *Bombur, o mais robusto dos 13 anões de Thorin e Companhia, pede que Bilbo traga torta de carne de porco e salada logo após chegar em Bolsão. Nos livros da Terra-média de Tolkien, há menções esporádicas tanto a porcos quanto a javalis — a mais notável delas fala do monstruoso javali de Everholt, morto pelo rei Folca de Rohan —, mas normalmente vemos todos eles já na forma de bacon mesmo!*

RENDE 12 TORTAS INDIVIDUAIS

PRÉ-PREPARO E COZIMENTO
1 ½ HORA

INGREDIENTES

1 maço de cebolinha, bem picado
1 pitada de pimenta-calabresa em flocos
225 g de lombo suíno bem picado
100 g de bacon bem picado
1 maço pequeno de cebolinha-
  -francesa, picado
1 maço pequeno de salsinha, bem picado

sal e pimenta-do-reino
12 ovos de codorna cozidos ao ponto de
  gema mole e descascados, ou 1 ovo
  cozido fatiado
1 ovo cru batido

Para a massa
200 g de farinha de trigo comum
1 pitada de sal
100 g de manteiga em cubos
2-3 colheres (sopa) de água para
  misturar

Anões

1 Comece pelo preparo da massa. Em uma tigela grande, misture a farinha e o sal. Usando os dedos, esfarele a manteiga com a farinha até formar uma farofa.

2 Vá incoporando a água aos poucos, usando uma faca para misturar. A seguir, sove a massa levemente até formar uma bola, depois embrulhe-a em plástico-filme e refrigere por 30 minutos.

3 Enquanto isso, prepare o recheio. Misture o lombo com a cebolinha, a pimenta-calabresa, o bacon, as ervas e o tempero.

4 Unte levemente uma fôrma para muffins com 12 cavidades e forre cada cavidade com uma tira de papel-manteiga.

5 Retire a massa da geladeira. Em uma superfície levemente enfarinhada, abra a massa gelada e corte 12 discos de 9 cm (para as bases das tortas) e 12 discos de 7 cm (para as tampas). Encaixe os discos maiores com cuidado dentro das cavidades untadas da fôrma de muffins.

6 Preencha cada torta até a metade com o recheio, coloque um ovo de codorna ou fatia de ovo por cima e complete com outra camada de recheio.

7 Pincele a borda de massa da base de cada torta com um pouco de ovo batido e tampe com os discos menores de massa, apertando ao redor para selar bem.

8 Faça um furinho no topo de cada uma para que o vapor possa escapar, daí pincele com mais um pouco de ovo batido para dar cor. Asse por 20 minutos em forno preaquecido a 200°C, depois reduza a temperatura para 160°C e asse por mais 25-30 minutos, até que a massa esteja dourada.

9 Deixe repousar na fôrma por 5 minutos, depois transfira para uma grade de resfriamento e deixe esfriar completamente.

QUEIJO AO FORNO DO BEORN

Tem coisa melhor do que um queijo quentinho e cremoso, enriquecido com mel adocicado, cranberries azedinhas e nozes-pecã crocantes? Este petisco é ideal para uma refeição leve ou como entrada, e basta uma boa quantidade de pão fresco com casca grossa para acompanhar — é só mergulhar o pão no queijo derretido e saborear.

O mel — além do creme de leite e do queijo — é um ingrediente muito presente na alimentação vegetariana dos beornings, um povo capaz de mudar fisicamente de forma. Ao criar esse povo, Tolkien parece ter se inspirado nos berserkir, os guerreiros vikings de "camisa de urso".

Além desses ingredientes básicos, também acrescentamos algumas frutas silvestres secas e castanhas, alimentos muito apreciados pelos ursos do mundo real. Este petisco é a alegria do urso que mora dentro de todo homem, anão ou hobbit.

PARA 4 PESSOAS
PRÉ-PREPARO E COZIMENTO
20 MINUTOS

INGREDIENTES

300 g de queijo tipo brie ou camembert, daqueles que vêm em caixinhas de madeira
3 colheres (sopa) de mel
25 g de nozes-pecã
1 punhado de cranberries secas
ramos de tomilho

1 Tire qualquer embalagem plástica do queijo e coloque-o de volta na caixa de madeira. Disponha a caixa em uma assadeira e regue o queijo generosamente com mel. Asse por 15 minutos em forno preaquecido a 200ºC.

2 Enquanto isso, toste as nozes-pecã em uma frigideira por 3-5 minutos, até que estejam levemente douradas. Reserve.

3 Tire o queijo do forno e faça um corte pequeno em forma de cruz no centro. Cubra com as nozes, as cranberries secas e o tomilho. Sirva com pão.

MOLHO CHUTNEY DE MAÇÃ, MOSTARDA E CERVEJA

Este molho é uma ótima forma de aproveitar aquelas maçãs que estão sobrando na geladeira. É um chutney mais ácido, que vai dar novo sabor aos sanduíches frios de carne bovina ou suína. Ele é muito fácil de preparar e só precisa ser mexido de tempos em tempos enquanto borbulha na panela.

RENDE 4 POTES

PRÉ-PREPARO E COZIMENTO
2 ½ HORAS, MAIS 3 SEMANAS DE MATURAÇÃO

INGREDIENTES

1 kg de maçãs, sem miolo, descascadas e cortadas em cubinhos
500 g de cebola, bem picada
250 g de aipo, em cubinhos
250 g de tâmaras sem caroço, em cubinhos
500 ml de cerveja tipo brown ale
150 ml de vinagre de malte
300 g de açúcar demerara
2 colheres (sopa) de sementes de mostarda amarela, trituradas grosseiramente
1 colher (chá) de cúrcuma
1 colher (chá) de sal
1 colher (chá) de grãos de pimenta, triturados grosseiramente

1 Coloque todos os ingredientes em uma panela apropriada para conservas (larga, com laterais baixas, de inox e fundo grosso) e cozinhe lentamente em fogo brando por 1 h 45 min–2 horas, mexendo de tempos em tempos, mas com maior frequência ao final do cozimento, pois o molho estará mais denso.

2 Com uma concha, distribua o molho em potes esterilizados, ainda mornos e bem secos, preenchendo-os até a boca e apertando bem seu conteúdo. Desfaça quaisquer bolhas de ar com um palito ou faca pequena, e vede com tampas de rosquear.

3 Etiquete-os e deixe maturarem em um local frio e escuro por pelo menos 3 semanas.

Tanto a cerveja quanto a maçã parecem ser iguarias muito consumidas pelos hobbits, então é fácil imaginar este chutney sendo apreciado por Hamfast, o pai de Sam — conhecido como o "Feitor" — juntamente a uma bela fatia de queijo, um pedaço de pão e, é claro, uma ou duas canecas de cerveja no Dragão Verde em Beirágua.

PÃO DE MAÇÃ DE CRICÔNCAVO

Este pão delicioso cai muito bem com manteiga e pode ser armazenado por até uma semana em potes herméticos — mas provavelmente vai acabar muito antes disso! Se estiver preparando esta receita para crianças, use suco de maçã em vez de sidra.

O Cricôncavo é um local afastado na Terra dos Buques, do outro lado do rio Brandevin do Condado propriamente dito. É o primeiro destino de Frodo após sua partida de Bolsão na missão de levar secretamente o Um Anel para Valfenda. Para ajudar a acobertar seus rastros, ele compra uma casa ali, com um gramado amplo, árvores baixas e uma cerca-viva em torno do terreno.

Considerando o amor dos hobbits por comida e jardinagem, é bem provável que pelo menos algumas das árvores "baixas" da propriedade de Frodo em Cricôncavo fossem macieiras, árvores que não atingem grandes estaturas. Este pão de maçã poderia muito bem ser uma guloseima preparada na casa de Cricôncavo com frutas colhidas no jardim.

RENDE 1 PÃO

PRÉ-PREPARO E COZIMENTO

1-1½ HORA MAIS 4 HORAS DE DEMOLHA

INGREDIENTES

300 ml de sidra seca ou suco de maçã turvo

300 g de maçã, sem miolo, descascada e picada

175 g de frutas secas de sua preferência

150 g de açúcar refinado

300 g de farinha de trigo com fermento

2 ovos batidos

1 colher (sopa) de sementes de girassol

1 colher (sopa) de sementes de abóbora

1 Em uma panela, coloque a sidra, junte a maçã e as frutas secas, e leve à fervura. Cozinhe em fervura branda por 3-5 minutos até que a maçã comece a ficar macia, porém ainda firme. Tire a panela do fogo e deixe seu conteúdo de molho por 4 horas.

2 Acrescente a farinha, o açúcar e os ovos nas frutas de molho e misture bem.

3 Unte uma fôrma de bolo inglês de 1 kg e forre a base e as duas laterais mais compridas com papel-manteiga. Distribua a massa na fôrma em colheradas e depois nivele a superfície. Salpique com as sementes e asse no centro de um forno preaquecido a 160°C por cerca de 60-70 minutos, até que cresça bem e a superfície esteja levemente rachada (enfie um palito no centro da massa; ele deve sair limpo).

4 Deixe esfriar na fôrma por 10 minutos, depois solte as laterais e desenforme puxando o papel-manteiga para ajudar.

5 Coloque o pão em uma grade de resfriamento, retire o papel e deixe esfriar completamente. Sirva em fatias com um pouco de manteiga.

BISCOITOS DA QUARTA OESTE

Estes biscoitos delicados são perfeitos com uma xícara de chá, e podem ser armazenados em um pote hermético por até 3 dias. Se quiser variar o sabor, troque o xarope dourado (*golden syrup*) por xarope de bordo (*maple syrup*).

> *O Condado é dividido em quatro regiões chamadas Quartas — "Farthing", no original, que vem do termo em inglês antigo para "um quarto", "feorthing". A Quarta Oeste é onde se situa a capital do Condado, a cidade de Grã-Cava, bem como a Vila dos Hobbits onde está o lar de Bilbo e Frodo, a toca Bolsão. Achamos que estes biscoitinhos casam perfeitamente com uma xícara de chá e são ideais para servir àqueles visitantes que aparecem nos intervalos entre as seis refeições dos hobbits.*

RENDE 12 BISCOITOS

PRÉ-PREPARO E COZIMENTO
35 MINUTOS

INGREDIENTES

100 g de farinha de trigo
1 colher (chá) de fermento químico
½ colher (chá) de bicarbonato de sódio
½ colher (chá) de canela em pó
½ colher (chá) de gengibre em pó
¼ de colher (chá) de pimenta-da-jamaica em pó ou tempero tipo *mixed spice* ou *pumpkin spice*
raspas finas da casca de 1 limão-siciliano
50 g de manteiga em cubos
50 g de açúcar refinado
2 colheres (sopa) de xarope dourado (*golden syrup*)

1 Em uma tigela, misture a farinha, o fermento, o bicarbonato, as especiarias e as raspas de limão. Acrescente a manteiga e esfregue com as pontas dos dedos até a mistura se assemelhar a uma farofa.

2 Junte o açúcar, o xarope e misture com uma colher. Depois comece a manipular a farofa com as mãos para formar uma bola.

3 Molde essa bola para formar um cilindro e corte-o em 12 fatias. Enrole cada fatia em uma bola e distribua em 2 assadeiras grandes untadas, deixando espaço para que os biscoitos cresçam durante o cozimento.

4 Asse uma fornada por vez, com a assadeira bem centralizada, em forno preaquecido a 180°C por 8-10 minutos ou até que os biscoitos estejam rachados e dourados.

5 Deixe descansar por 1-2 minutos para que endureçam, depois tire os biscoitos da assadeira e transfira-os para uma grade de resfriamento. Deixe que esfriem completamente antes de consumir.

QUADRADINHOS DE CEREJA COM AMÊNDOAS

Se estiver na época de cerejas frescas, pode usá-las no lugar das cerejas em calda. Neste caso, porém, o bolo ficará mais úmido e precisará ser consumido mais rápido, não devendo ser armazenado por mais do que 1 ou 2 dias.

Os ents — pastores das árvores — estão entre as criaturas mais misteriosas das obras de Tolkien. No entanto, as entesposas conseguem ser ainda mais misteriosas. Tolkien nos conta a história delas pela boca de Barbárvore, o líder dos ents. Ele nos explica como, muito tempo atrás, elas abandonaram seus companheiros para cuidar das árvores "secundárias" — as árvores de pomares e hortas —, e para ensinar aos homens a arte da agricultura e horticultura. Este bolo com gostinho de quero mais é inspirado na memória das ausentes e saudosas entesposas, e nas suas cerejeiras bem-cuidadas.

RENDE 10 QUADRADOS
PRÉ-PREPARO E COZIMENTO
1 HORA

INGREDIENTES

225 g de farinha de trigo com fermento
1 colher (chá) de fermento químico
100 g manteiga sem sal, gelada e cortada
em cubos
100 g de açúcar refinado dourado
1 ovo cru batido
125 ml de leite
1 colher (chá) de extrato de amêndoas
200 g de cerejas em calda, cortadas ao
meio; ou 400 g de cerejas frescas, sem
caroço
50 g de amêndoas laminadas
açúcar de confeiteiro peneirado para
polvilhar

1 Unte uma assadeira quadrada rasa de 23 cm e forre-a com papel-manteiga.

2 Em uma tigela ou processador de alimentos, misture a farinha, o fermento e a manteiga até que a textura se assemelhe a uma farofa. Junte o açúcar, misture mais um pouco e despeje tudo em uma tigela.

3 À parte, misture o ovo, o leite e o extrato de amêndoas. Despeje na mistura seca juntamente à metade das cerejas, mexendo até incorporar.

4 Distribua a mistura em colheradas pela assadeira e espalhe-a até formar uma camada uniforme. Cubra com o restante das cerejas e com amêndoas laminadas.

5 Asse em forno preaquecido a 180°C por 25-30 minutos, ou até que a massa esteja dourada e um pouco firme ao toque. Deixe esfriar na assadeira, depois passe para uma tábua de corte e retire o papel-manteiga. Polvilhe com açúcar de confeiteiro peneirado e corte em quadradinhos.

TORTA DE AMORAS DO CEVADO CARRAPICHO

Saboreie sem pudores esta torta que pode ser servida quente ou fria em um lanchinho no meio da manhã, ou então guarnecida com chantili, como sobremesa. O visual da cobertura de massa trançada é impressionante, mas a receita é incrivelmente simples de se preparar.

Para quase todos os hobbits do Condado, a estalagem O Pônei Saltitante no vilarejo de Bri, que fica na parte da Grande Estrada Leste que se encontra com o Caminho Verde, representa o limite de seu conhecimento geográfico. Aparentemente, apenas os mais intrépidos moradores da Terra dos Buques ousavam passar do Portão da Sebe e visitar a estalagem. Talvez um dos incentivos fosse a expectativa de saborear a torta de amoras, uma das especialidades do cardápio do distraído dono da estalagem, Cevado Carrapicho.

PARA 8 PESSOAS
PRÉ-PREPARO E COZIMENTO
1 HORA, MAIS O TEMPO PARA ESFRIAR E GELAR

INGREDIENTES

500 g de amoras
suco de ½ limão-siciliano
100 g de açúcar refinado
2 colheres (sopa) de amido de milho misturado com um pouco de água para formar uma pasta

Para a massa
175 g de farinha de trigo, e mais um pouco para polvilhar
100 g de manteiga em cubos
40 g de açúcar de confeiteiro, e mais um pouco para polvilhar
40 g de amêndoas moídas
raspas da casca de 1 limão-siciliano
2 gemas

1. Comece pela massa. Em uma tigela, coloque a farinha e a manteiga e vá esfregando com as pontas dos dedos ou usando uma batedeira até se assemelhar a uma farofa. Junte o açúcar de confeiteiro, as amêndoas e as raspas de limão, depois as gemas, e misture até formar a massa. Refrigere por 15 minutos.

2. Sove a massa, corte ¼ dela e reserve. Em uma superfície levemente enfarinhada, abra os outros ¾ da massa até obter uma massa fina de tamanho suficiente para cobrir uma fôrma de torta de 24 cm com fundo removível e borda canelada. Pressione a massa na base e nas laterais da fôrma untada.

3. Apare o excesso de massa e junte à massa reservada. Leve à geladeira a fôrma com a massa e também a massa reservada durante 15 minutos.

4. Em uma panela, coloque 200 g das amoras, o suco de limão, o açúcar refinado e cozinhe em fogo brando por 5 minutos, até que as amoras estejam macias. Junte a pasta de amido de milho e cozinhe em fogo alto, mexendo até engrossar a compota. Deixe esfriar.

5. Espalhe a compota de amora sobre a base da torta e distribua o restante das amoras por cima. Pincele as bordas da massa com água. Abra o restante da massa e corte em tiras com 1 cm de largura. Disponha as tiras de forma trançada e aperte as bordas para fixá-las, mas não apare o que sobrar.

6. Asse a torta sobre uma assadeira, em forno preaquecido a 190°C por 25-30 minutos, até que a massa esteja dourada e a base esteja cozida. Apare o excesso da massa da cobertura trançada. Desenforme a torta, transfira-a para um prato bonito, polvilhe-a com açúcar de confeiteiro e sirva.

COMIDA PARA VIAGEM

No mundo pré-industrial da Terra-média, as viagens — às vezes feitas a cavalo, às vezes em carruagens, mas em geral a pé — são terrivelmente lentas. Somente as Águias e um cavalo quase encantado como Scadufax são capazes de percorrer grandes distâncias rapidamente. Por esse motivo, embora pareça haver algumas estalagens que ofereçam pratos caseiros, na maior parte do tempo os viajantes precisam se virar sozinhos, levando consigo os suprimentos necessários e cozinhando sobre fogueiras onde for possível e seguro. Também precisam carregar utensílios básicos de cozinha. Em *O Senhor dos Anéis*, descobrimos que a mochila de Sam contém alguns itens preciosos: uma caixa com pederneiras, duas panelas rasas, uma colher de pau, um garfo de dois dentes, espetos e um pouco de sal, seu "tesouro minguante".

Felizmente, os viajantes e guerreiros sempre puderam contar com alimentos feitos especialmente para essas longas jornadas. Os elfos preparam as lembas, ou pão de viagem (página 54), descrito nas histórias como um tipo de pão de milho originalmente criado pela Vala Yavanna para presentear os elfos durante sua Grande Jornada até Aman. Os livros nos contam que o lembas, embrulhado em folhas de mallorn e armazenado sem quebrar, pode permanecer fresco e adocicado por "muitos e muitos dias", e que um único pão é suficiente para manter um viajante em pé por um dia inteiro, mesmo que seja um dos homens altos de Minas Tirith.

Os homens também fazem seus próprios pães de viagem, embora sejam de caráter menos milagroso. Os homens da Cidade do Lago preparam um biscoito duro nutritivo, embora não tão empolgante, conhecido como cram (criamos uma versão muito mais deliciosa dele na página 53), enquanto Beorn, chefe dos beornings, tem sua receita secreta de bolinhos de mel duplamente assados (página 116), que, segundo ele, são capazes de nutrir viajantes durante longas caminhadas.

Todas essas opções são boas, mas nada supera uma boa refeição cozida, que mesmo após a caminhada mais árdua pode trazer lembranças reconfortantes do nosso lar. A refeição de acampamento mais clássica em *O Senhor dos Anéis* é o cozido de coelho preparado por Sam (página 156) depois que Gollum consegue dois coelhos para seus mestres hobbits. Para o desgosto de Gollum, Sam usa os coelhos para fazer um cozido, o qual é complementado com algumas ervas, mas nenhum caldo ou "papas" (batatas). Por mais simples que o prato seja, a refeição parece um banquete para os hobbits famintos, e lhes dá mais ânimo para continuar sua jornada a Mordor.

ALMOÇO

O almoço é uma refeição muitas vezes negligenciada no nosso mundo real, frequentemente reduzida a um sanduíche e uma xícara de café à mesa de trabalho. No Condado, porém, o almoço é uma refeição importante, fato que Peregrin Tûk logo ressalta no primeiro dia da caminhada dos hobbits após sair da Vila dos Hobbits, no começo de O Senhor dos Anéis. A estrada pode continuar para sempre — como Bilbo gosta de relembrar —, mas ninguém, muito menos o preguiçoso Pippin, é capaz de seguir adiante sem descanso e uma refeição decente.

SALADA QUENTE DE FIGO COM PRESUNTO CRU E GORGONZOLA

Esta salada é perfeita para servir ao ar livre nas noites de verão. Fica uma delícia com ou sem o presunto cru, para o caso de você preferir uma versão vegetariana.

Tolkien escreveu que sua civilização de Númenor foi parcialmente inspirada no Egito antigo. Podemos notar essa inspiração nos nomes de alguns dos reis de Númenor, como Ar-Pharazôn, e no "vale dos túmulos" ao sopé da montanha sagrada no centro de Númenor, Meneltarma, que lembra o Vale dos Reis do Egito do mundo real, com suas rebuscadas tumbas régias.

Em homenagem à conexão espiritual entre Númenor e o Egito antigo, este prato usa o figo, uma fruta muito popular entre os egípcios.

PARA 4 PESSOAS
PRÉ-PREPARO E COZIMENTO
15 MINUTOS

INGREDIENTES

2 colheres (sopa) de azeite
2 chalotas de banana* bem picadas
2 dentes de alho bem picados
2 colheres (chá) de vinagre de framboesa
8 figos maduros, porém firmes
100 g de queijo gorgonzola ralado
100 g de folhas de rúcula
8 fatias bem finas de presunto cru tipo italiano
sal e pimenta-do-reino
avelãs tostadas levemente trituradas

* Você pode imitar o sabor das chalotas de banana fazendo uma mistura de 2 partes de cebola branca para 1 parte de alho. (N. T.)

1 Em uma frigideira pequena, aqueça o azeite em fogo médio-baixo. Acrescente a chalota e o alho, e refogue por 4-5 minutos, até amaciar. Retire do fogo, junte o vinagre e bata com batedor de arame. Tempere com sal e pimenta.

2 Enquanto isso, use uma faca afiada para riscar uma cruz no topo dos figos. Aperte-os para que abram e recheie com o gorgonzola. Disponha os figos em uma assadeira, regue com um pouco de azeite e coloque por 4-5 minutos sob um gratinador ou grill de forno preaquecido, até derreter o queijo e dourar um pouco.

3 Distribua a rúcula, os figos quentes e o presunto em 4 pratos. Regue com o molho ainda morno e finalize com avelãs tostadas e uma pitada de pimenta-do-reino preta.

SALADA VERDE COM PERA E NOZES

Os *croûtes* de parmesão deixam esta salada muito elegante, mas se você não tiver muito tempo, pode usar um descascador de legumes para ralar lascas bem finas de parmesão por cima da salada logo antes de servir.

A salada é um dos muitos pratos pedidos pelos anões que chegam inesperadamente à porta de Bilbo no começo de O Hobbit. *É provável que as saladas estivessem presentes em outras refeições, como na mesa vegetariana de Tom Bombadil e Fruta d'Ouro, ou em banquetes maiores e fartos. Embora poucos personagens da mitologia de Tolkien sejam totalmente vegetarianos, os vegetais parecem ser muito apreciados pelos heróis dos Povos Livres, sejam eles homens, elfos, anões ou hobbits.*

PARA 4 PESSOAS
PRÉ-PREPARO E COZIMENTO
20 MINUTOS

INGREDIENTES

75 g de queijo parmesão ralado
2 peras grandes e maduras, finamente fatiadas
50 g de nozes sem casca, levemente tostadas
125 g de folhas para salada variadas

Para o molho
6 colheres (sopa) de óleo de nozes
2 colheres (sopa) de suco de limão-siciliano
1 colher (sopa) de mostarda rústica com grãos
2 colheres (chá) de açúcar refinado
vários ramos de estragão, picados grosseiramente

1 Unte uma assadeira forrada com papel-alumínio e espalhe o parmesão por cima, formando uma camada fina com cerca de 25 cm². Coloque para cozinhar por 2-3 minutos sob um gratinador ou grill de forno quentes, até o queijo estar derretido e levemente dourado. Deixe esfriar até conseguir manusear, retire o papel-alumínio e quebre o queijo em pedaços grosseiros para formar os *croûtes*.

2 Em uma tigela grande, misture os ingredientes do molho usando um batedor de arame.

3 Coloque a pera, as nozes e as folhas de salada na tigela com o molho e misture tudo. Distribua a salada em 4 pratos para servir e finalize com os *croûtes* de parmesão.

SALADA SELVAGEM

Se quiser uma refeição mais substanciosa, corte 3 linguiças tipo chouriço espanhol em fatias diagonais e frite-as em uma frigideira quente até ficarem douradas e crocantes. Escorra-as em papel-toalha e coloque-as na salada.

Os Patrulheiros do Norte são descendentes dos Dúnedain do reino perdido de Arnor que patrulham suas antigas terras e protegem seus fragmentos ainda restantes, como o Condado e a terra de Bri. Quando encontramos Aragorn pela primeira vez, no começo de O Senhor dos Anéis, *ele está vivendo como um patrulheiro, perambulando por Eriador e protegendo a região contra orcs e lobos. Por isso, Aragorn está acostumado a viver da terra, a buscar comida na natureza e a encontrar ervas medicinais, como a athelas, também conhecida como folha-do-rei. Esta salada é um prato de verão fresco e arrebatador, feita com ervas como aquelas que Aragorn pode ter usado para dar sabor a suas refeições preparadas na fogueira.*

PARA 4 PESSOAS
PRÉ-PREPARO E COZIMENTO
15 MINUTOS

INGREDIENTES

150 g de ervilhas congeladas
150 g de favas
75 g de brotos de ervilha-torta
1 punhado pequeno (cada) de hortelã, endro e salsinha, finamente picados
150 g de queijo feta

Para o molho
1 colher (chá) de mostarda de Dijon
2 colheres (sopa) de azeite
1 colher (sopa) de vinagre de vinho chardonnay
sal e pimenta-do-reino

1 Encha uma panela grande com água levemente salgada, ferva e cozinhe as ervilhas por 2 minutos. Retire as ervilhas e dê um choque térmico nelas com água fria.

2 Cozinhe também as favas por 3 minutos, enxágue-as e descasque-as para revelar seus belos grãos verdes.

3 Misture as ervilhas, as favas, os brotos de ervilha-torta e as ervas picadas.

4 Prepare o molho usando um batedor de arame para misturar a mostarda com o azeite e o vinagre. Tempere com sal e pimenta a gosto.

5 Desmanche o queijo feta sobre a salada, misture tudo delicadamente ao molho e sirva.

ALMOÇO DO PIPPIN EM MINAS TIRITH

Baseado em um prato clássico britânico — o almoço do lavrador (*ploughman's lunch*) —, isto está mais para um trabalho de montagem do que para uma receita propriamente dita. Ajuste as quantidades para mais ou menos, dependendo de quantas pessoas você pretende servir. Disponha os ingredientes em uma tábua de madeira de forma decorativa. Procure variar a altura e a cor dos ingredientes para deixar visualmente interessante. Você também pode incluir outros tipos de queijos e conservas, biscoitos salgados, patês e frutas da época — o que achar melhor.

PARA 2 PESSOAS
PREPARO 10 MINUTOS

INGREDIENTES

4-6 fatias de pão de casca firme ou 4 Pãezinhos Brancos Élficos (página 56)

300 g de queijo cheddar de boa qualidade ou queijo brie bem maturado

6 fatias grossas de rosbife malpassado frio ou presunto

2 fatias de Torta de Carne de Porco (página 62)

2 ovos cozidos descascados e cortados ao meio

4 picles de cebola ou minipepino

2 talos de aipo, de preferência ainda com as folhas

4 rabanetes

2 maçãs, sem o miolo e cortadas em quartos

sal marinho e pimenta-do-reino

1 Coloque as fatias de pão ou pãezinhos em uma cesta.

2 Disponha o restante dos ingredientes de forma decorativa em uma tábua grande de madeira, polvilhe sal e pimenta sobre os ovos e ponha a tábua no centro da mesa.

3 Em cumbuquinhas, coloque colheradas de Picles de Pêssego (página 61) e o Molho Chutney de Maçã, Mostarda e Cerveja (página 65) para servir junto da Torta de Carne de Porco (página 62) e da carne fria.

Tolkien descreve Peregrin Tûk não apenas como o mais jovem e mais imprudente do grupo de hobbits, mas também o mais faminto! Depois de ser apresentado a Denethor, o Regente de Gondor, Pippin é deixado aos cuidados de Beregond, capitão da guarda de Minas Tirith. Sempre empolgado para sua próxima refeição, Pippin implora por algo para comer e ganha um almoço ao meio-dia composto de pão, manteiga, queijo, maçãs e uma jarra de cerveja para acompanhar.

Esse tipo de refeição seria muito comum entre fazendeiros na Inglaterra do mundo real do século XIV em diante. Este prato é popularmente conhecido como "almoço do lavrador", e a combinação tradicional de pão, queijo, picles e cerveja foi reinterpretada no século XX e se tornou um almoço popular nos pubs do Reino Unido.

ESTRELA DE CENOURA E PASTINACA COM MEL E ESPECIARIAS

Este prato vegetariano é perfeito para acompanhar uma salada de rúcula levemente temperada com um molho *vinaigrette* ácido, ou também funciona como acompanhamento para o Guisado da Cidade do Lago (página 154). Caso deseje uma versão vegana, utilize xarope de bordo em vez de mel.

PARA 4 PESSOAS

PRÉ-PREPARO E COZIMENTO
50 MINUTOS

INGREDIENTES

250 g de pastinacas, cortadas em quartos no sentido do comprimento
250 g de cenouras, cortadas em quartos no sentido do comprimento
3 colheres (sopa) de óleo vegetal
1 colher (chá) de cominho em pó
1 colher (chá) de sementes de coentro em pó
½ colher (chá) de sal de aipo
3 colheres (sopa) de molho tipo *sweet chili*
1 colher (sopa) de mel

1 Coloque as pastinacas e as cenouras em uma tigela.

2 À parte, misture o óleo com o cominho, o coentro e o sal de aipo. Despeje sobre os vegetais e misture bem, virando até que todos estejam cobertos uniformemente.

3 Espalhe os vegetais em uma assadeira rasa formando uma só camada e leve ao forno preaquecido a 200ºC por cerca de 30 minutos. Mexa-os de tempos em tempos para que fiquem todos igualmente macios e dourados.

4 Em uma tigela pequena, misture o molho *sweet chili* com o mel.

5 Pincele os vegetais com esse molho de mel e volte-os ao forno por mais 5 minutos.

6 Sirva em uma travessa grande de modo que a parte mais larga dos bastões de vegetais esteja voltada para o centro e as pontas para fora, formando uma estrela. Alterne cenouras e pastinacas para deixar o visual mais bonito.

Nas obras de Tolkien, estrelas e elfos guardam profunda conexão simbólica e poética. Foi Varda, rainha dos Valar, que, antes do surgimento da Lua e do Sol, criou um conjunto novo de estrelas no céu para acompanhar o despertar dos elfos. Assim, os elfos são chamados de eldar, que significa "o povo das estrelas" (embora posteriormente esse nome fique reservado apenas àqueles que participaram da Grande Jornada ao Oeste).

Essa conexão entre os elfos e as estrelas permanece durante O Silmarillion. O emblema da casa de Fëanor — o elfo criador das Silmarils — é uma estrela de oito pontas, e uma das Silmarils acaba se tornando a estrela de Eärendil — um símbolo divino de esperança para os Povos Livres da Terra-média.

Este prato leva a temática estelar encontrada na obra de Tolkien diretamente para a sua mesa.

CHAMAS DE PIMENTÃO RECHEADO

Sirva este prato como um almoço leve acompanhado de pão com casca firme ou dos Espetinhos de Cordeiro com Alecrim (página 150). É uma iguaria bem versátil — experimente acrescentar algumas azeitonas pretas fatiadas, um pouco de queijo feta esfarelado ou pedaços de queijo halloumi.

Os balrogs da Terra-média são Maiar — seres angelicais — corrompidos por Morgoth, não muito diferentes dos anjos caídos que foram expulsos do céu com Lúcifer na teologia cristã. Estes seres terríveis são cobertos de sombras e chamas, armados com espadas e chicotes, e representam uma grande ameaça para os Povos Livres da Terra-média. Tanto O Silmarillion *quanto* O Senhor dos Anéis *incluem batalhas dramáticas contra balrogs. Em* O Silmarillion, *o balrog Gothmog é abatido pelo senhor élfico Ecthelion na batalha por Gondolin, e, em* A Sociedade do Anel, *Gandalf derrota um balrog chamado Ruína de Durin quando está nas minas de Moria, embora também acabe "morrendo" no combate.*

Estes pimentões recheados têm o formato das chamas vermelhas incandescentes que dão forma aos balrogs. Felizmente, aqui as chamas são um presságio de algo delicioso que está por vir, e não de desgraça e destruição.

PARA 2 PESSOAS
PRÉ-PREPARO E COZIMENTO
1 HORA E 10 MINUTOS

INGREDIENTES

4 pimentões vermelhos grandes, tipo romano ou outra variedade pontuda, cortados ao meio no sentido do comprimento, sem miolo e sem sementes

2 dentes de alho triturados

1½ colher (sopa) de tomilho picado

4 tomates italianos cortados em cubinhos

4 colheres (sopa) de azeite extravirgem

2 colheres (sopa) de vinagre balsâmico

sal e pimenta-do-reino

1 Disponha as metades de pimentão com o corte para cima em uma assadeira forrada com papel-alumínio ou em uma travessa de cerâmica. Distribua o alho e o tomilho entre elas e tempere com sal e pimenta. Distribua também os cubinhos de tomate uniformemente entre as metades de pimentão e regue tudo com o azeite e o vinagre.

2 Asse em forno preaquecido a 220ºC por aproximadamente 1 hora, até que os pimentões estejam macios e tostados.

3 Para criar o efeito de fogo, sirva este prato em uma travessa de cor escura, com as bases mais largas das "chamas" em uma das extremidades e as pontas dos pimentões viradas para cima.

SOPA DE BATATA COM ALHO DO PÔNEI SALTITANTE

Uma cumbuca desta sopa de batata encorpada, com seu aroma sedutor de alho defumado, é a melhor coisa para esquentar as mãozinhas em um dia de chuva. Para uma refeição mais caprichada, sirva acompanhada de Pãezinhos Brancos Élficos (página 56).

> *Depois de um dia longo de viagem pelas Colinas dos Túmulos, o fogo crepitante e as canecas de cerveja no Pônei Saltitante em Bri revigoram o grupo de hobbits cansados e assustados. Gostamos de pensar que um dos pratos que aguardam a chegada dos viajantes exaustos nesta respeitável instituição de Arnor seria uma tigela reconfortante de sopa quente. Talvez a sopa do dia no Pônei varie a depender da estação, mas esta aqui poderia muito bem ser uma das mais populares durante o inverno.*

PARA 4 PESSOAS
PRÉ-PREPARO E COZIMENTO
50 MINUTOS

INGREDIENTES

50 g de manteiga sem sal
1 cebola grande fatiada
2 dentes de alho triturados
750 g de batatas farinhentas, descascadas e cortadas em cubinhos
1 l de caldo de legumes
½ colher (chá) de sal marinho defumado
125 ml de leite
4 colheres (sopa) de ervas frescas como salsinha, cebolinha-francesa e tomilho
cebolinha-francesa fatiada para decorar
pimenta-do-reino preta

1 Em uma panela grande, derreta a manteiga, coloque a cebola, o alho e cozinhe em fogo médio por 3-4 minutos até amolecer. Junte as batatas, tampe e cozinhe por 5 minutos.

2 Acrescente o caldo e tempere. Deixe ferver, reduza o fogo, tampe e cozinhe em fervura branda por 30 minutos, até que as batatas estejam macias.

3 Transfira para um processador de alimentos e bata até ficar liso. Volte à panela, junte o leite, as ervas e reaqueça lentamente. Sirva decorado com cebolinha e pimenta-do-reino preta.

Página seguinte:
As Colinas dos Túmulos

A SOPA DE HISTÓRIA

Esta sopa é excelente para aproveitar sobras — você pode testá-la com diversos ingredientes, usando o que tiver à disposição. Se preferir uma versão mais pedaçuda, basta não batê-la ao final do preparo e, se quiser, junte uma colherada de molho pesto (página 95) antes de servir. Para mantê-la vegana, não use o *crème fraîche*.

> *Tolkien tinha uma metáfora incrível para explicar as influências no processo de contar histórias. Em uma de suas cartas, ele compara a criação de uma história ao ato de se preparar uma sopa. A história do autor é formada a partir de uma mescla de todo tipo de lembrança e conhecimentos aleatórios, que vão sendo misturados e processados até formar algo incrível e inédito. Mesmo que alguns dos ingredientes não sejam facilmente identificáveis, no fim eles são menos importantes para a sopa — ou para a história — do que o sabor final propriamente dito.*

PARA 4 PESSOAS
PRÉ-PREPARO E COZIMENTO
40 MINUTOS

INGREDIENTES

1 colher (chá) de azeite
1 alho-poró, cortado em fatias finas
1 batata grande, descascada e picada
900 ml de caldo de legumes
450 g de vegetais variados (como ervilhas, aspargos, favas e abobrinha)
2 colheres (sopa) de hortelã picada
2 colheres (sopa) de *crème fraîche* para servir (opcional)
sal e pimenta-do-reino

1 Em uma panela média, aqueça o azeite e refogue o alho-
-poró por 3-4 minutos, até amolecer.

2 Coloque a batata e o caldo na panela e cozinhe por 10
minutos. Acrescente o restante dos vegetais, a hortelã e
leve à fervura. Abaixe o fogo e cozinhe em fogo brando
por 10 minutos.

3 Transfira para um liquidificador ou processador de
alimentos e bata até ficar liso. Volte a mistura à panela,
despeje o *crème fraîche*, caso opte por utilizá-lo, e
tempere com sal e pimenta a gosto. Aqueça a sopa e
sirva acompanhada de um pão chato (pão sírio, por
exemplo) aquecido.

PEIXE CRU DO GOLLUM

Na peixaria, peça salmão de qualidade "para sushi" e esta receita terá um resultado melhor (e certamente mais seguro). Você também pode usar salmão defumado.

Gollum fala de peixes com certa frequência nos livros de Tolkien — é a resposta de uma das charadas que ele faz para Bilbo em O Hobbit, *e seu amor por peixes também se faz presente quando conversa sobre comida com Sam durante a jornada até Mordor. Entretanto, ele é bem firme na opinião de que cozinhar qualquer tipo de comida — carne ou peixe — é a mesma coisa que "estragá-la".*

Peixe cru, quando bem-preparado, de fato tem um sabor delicado e incrível caso a peça esteja bem fresca. Esta receita foi inspirada na culinária japonesa para dar origem a um prato saboroso capaz de nos convencer de que Gollum tinha razão em suas alegações.

PRÉ-PREPARO E COZIMENTO

50 MINUTOS, MAIS O TEMPO DE
REFRIGERAÇÃO

INGREDIENTES

250 g arroz para sushi
6 colheres (sopa) de vinagre de arroz
2½ colheres (sopa) de açúcar refinado
5 g de gengibre em conserva picado
½ colher (chá) de pasta de wasabi (raiz-
   -forte japonesa)
½ pepino japonês
250 g de salmão sem pele, cortado em
   pedaços médios
1 abacate, descascado, sem caroço e
   cortado em cubinhos
8 talos de cebolinha cortados em fatias
   finas
3 colheres (sopa) de sementes de
   gergelim tostadas para finalizar

1 Cozinhe o arroz de acordo com as instruções da embalagem.

2 Enquanto isso, em uma panela pequena, coloque o vinagre e o açúcar e aqueça-os lentamente enquanto mexe para dissolver o açúcar. Desligue o fogo, acrescente o gengibre e o wasabi, e deixe esfriar.

3 Corte o pepino ao meio, no sentido do comprimento, e raspe as sementes. Corte a polpa em fatias finas e coloque-as na mistura de vinagre.

4 Quando o arroz estiver cozido, transfira-o para um prato, coe a mistura de vinagre (reservando o pepino) e regue-o. Misture bem e deixe esfriar.

5 Passe o arroz para uma saladeira grande e misture cuidadosamente com o pepino, o salmão, o abacate e a cebolinha. Finalize com sementes de gergelim torradas por cima e sirva.

Gollum e seu peixe

TRUTA DO LESTE MARINADA NO CHÁ

O *Kecap manis* é um molho de soja adocicado originado da Indonésia cujo sabor lembra um pouco o melado de cana. Se você não tiver acesso a esse molho, pode usar molho de soja (shoyu) comum, bastando acrescentar um pouco mais de mel à marinada para equilibrar os sabores.

Na obra de Tolkien, os oriundos de Rhûn são chamados de povos do Leste. Rhûn é a região que engloba as terras vastas no oriente da Terra-média, incluindo tanto tribos nômades, como os Carroceiros, quanto povos mais assentados, como os Balchoth. Tolkien nos fornece informações um tanto vagas a respeito dessas culturas distantes — que no momento da Guerra do Anel estão em grande parte aprisionadas e a serviço de Sauron e da região de Mordor.

Esta receita usa ingredientes do oriente do nosso mundo real para ajudar a imaginar o mundo dos povos do Leste para além do que as páginas nos contam.

PARA 4 PESSOAS

PRÉ-PREPARO E COZIMENTO
25 MINUTOS, MAIS O TEMPO DE INFUSÃO, RESFRIAMENTO E MARINADA POR 4½ HORAS

INGREDIENTES

- 2 saquinhos de chá preto (como *lapsang souchong*, por exemplo) infundidos em 200 ml de água fervente
- 1 colher (sopa) de gengibre descascado e ralado
- 1 dente de alho triturado
- 4 colheres (sopa) de *Kecap manis* (molho de soja doce)
- 2 colheres (sopa) de molho tipo *sweet chili*
- 1 colher (sopa) de mel
- 4 filés de truta com aprox. 100 g cada
- 1 colher (sopa) de óleo de gergelim
- 2 colheres (sopa) de óleo de amendoim separadas
- 200 g de **acelga chinesa baby, cortada** ao meio no sentido do comprimento

1 Coloque os saquinhos de chá em infusão e descarte-os depois de 5 minutos. Então junte à infusão o gengibre, o alho, o *Kecap manis*, o molho *sweet chili* e o mel, e misture bem. Deixe esfriar.

2 Disponha os filés de truta em uma travessa rasa não metálica e despeje a marinada de chá por cima. Cubra e deixe na geladeira por pelo menos 4 horas ou, se possível, de um dia para o outro, virando o peixe de vez em quando.

3 Tire o peixe, reserve a marinada e seque os filés com leves batidinhas de papel-toalha.

4 Em uma frigideira antiaderente grande, aqueça o óleo de gergelim com 1 colher (sopa) do óleo de amendoim, coloque os peixes com o lado da pele para baixo e cozinhe por 2-3 minutos. Vire os filés e cozinhe-os por mais 3 minutos. Passe os peixes para um prato aquecido e cubra-o com papel-alumínio — a carne continuará cozinhando no próprio vapor enquanto você prepara a acelga chinesa.

5 Em fogo alto, aqueça o restante do óleo na frigideira, coloque o *bok choy* e refogue só até começar a murchar. Despeje metade da marinada reservada, leve à fervura e cozinhe por 3-4 minutos, até boa parte do líquido evaporar e o *bok choy* estar macio. Sirva com a truta.

O Porto dos Cisnes de Alqualondë

VIEIRAS DE ALQUALONDË GRELHADAS AO PESTO

Grelhar vieiras em uma churrasqueira ou selá-las em uma frigideira até ficarem levemente douradas intensifica seu sabor suave e adocicado — mas cuidado para não passarem do ponto, pois ficarão borrachudas.

Alqualondë é uma cidade élfica grandiosa construída pelos teleri — um dos três povos dos eldar — no litoral de Valinor. Seu próprio nome nos remete a um paraíso aquático. Tolkien nos conta que os teleri costumavam passar seus dias mergulhando em busca de pérolas, então é fácil imaginar que também apanhem vieiras!

Estas vieiras servidas dentro de suas conchas trazem à sua mesa de jantar a elegância inspirada em Alqualondë. São petiscos lindos e surpreendentemente fáceis de se preparar, por isso serão o ponto alto de qualquer almoço ou jantar festivos.

PARA 4 PESSOAS
PRÉ-PREPARO E COZIMENTO
20 MINUTOS

INGREDIENTES

12 vieiras em meia concha (pode servir sem as conchas caso não estejam disponíveis)
azeite para regar e fritar

Para o pesto
50 g de manjericão
1 dente de alho triturado
2 colheres (sopa) de pinoli tostados
¼ de colher (chá) de sal marinho
6-8 colheres (sopa) de azeite extravirgem
2 colheres (sopa) de queijo parmesão ralado
pimenta-do-reino preta

1 Para fazer o molho pesto, coloque o manjericão, o alho, os pinoli e o sal marinho em um pilão e soque até formar uma pasta relativamente lisa. Acrescente o azeite lentamente até atingir a textura desejada (cremoso, mas não líquido demais) e, por último, acrescente queijo e pimenta a gosto.

2 Tempere as vieiras levemente com pimenta. Regue-as com um pouco de azeite e doure-as em uma churrasqueira, com a concha para baixo, por 3-4 minutos, até que estejam cozidas. (O cozimento se dará pelo calor transmitido pelas conchas.) Outra maneira de prepará-las é aquecendo 1 colher (sopa) de azeite em uma frigideira grande. Seque as vieiras cuidadosamente dando batidinhas com um papel-toalha, tempere com sal e então frite-as por 2-3 minutos de cada lado até que estejam douradas e cozidas sem passar do ponto.

3 Sirva cobertas com uma colherada do molho pesto.

MEXILHÕES DOS PORTOS CINZENTOS GRELHADOS AO ALHO

Ao comprar mexilhões, escolha aqueles que estiverem com conchas bem fechadas e forem mais pesados. Guarde-os embrulhados, mas sem apertá-los para não quebrar as conchas, e não os coloque em ambiente hermético, para que possam respirar — ficam melhores quando consumidos no mesmo dia da compra.

O mar não tem um papel muito relevante nas histórias mais terrestres de O Hobbit *e* O Senhor dos Anéis. *Por isso, quando ele finalmente surge ao final de* O Retorno do Rei, *durante a despedida dos portadores dos Anéis (incluindo Frodo), nos Portos Cinzentos voltados para o Mar Divisor, a emoção acaba sendo ainda mais intensa. É como se de repente nossos horizontes fossem ampliados, agora mais vastos e deslumbrantes. É fácil imaginar este prato sendo apreciado pelo grupo de elfos, hobbits e o mago enquanto se despedem da Terra-média.*

PARA 4 PESSOAS
PRÉ-PREPARO E COZIMENTO
30 MINUTOS

INGREDIENTES

50 g de manteiga

2 chalotas picadas

3 dentes de alho picados (serão usados separadamente)

125 ml de vinho branco seco

625 g de mexilhões, sem a barba e escovados

50 g de farelo de pão ou farinha de rosca grossa

2 colheres (sopa) de salsinha bem picada

1 colher (chá) de raspas finas de limão-siciliano

2 colheres (sopa) de queijo parmesão ralado

1 colher (sopa) de azeite

1 Em uma panela grande, em fogo médio-baixo, derreta a manteiga e refogue as chalotas com 2 dos dentes de alho picados durante 5-6 minutos, até ficarem macias. Acrescente o vinho e leve à fervura.

2 Coloque os mexilhões, descartando aqueles que não fecharem ao receber uma batidinha mais firme, depois tampe e cozinhe em fervura branda por 3-5 minutos, sacudindo a panela ocasionalmente até que as conchas estejam todas abertas. Descarte qualquer mexilhão que continue fechado. Reserve.

3 Em uma tigela, coloque o farelo de pão, a salsinha, o restante do alho, as raspas de limão, o parmesão e o azeite. Misture bem.

4 Descarte a meia concha vazia de cada mexilhão e distribua os mexilhões cozidos em uma assadeira, formando apenas uma camada.

5 Cubra uniformemente cada mexilhão com uma colherada da mistura de farelos e coloque por 2-3 minutos debaixo de um gratinador ou grill de forno preaquecidos, ou até a cobertura estar dourada e crocante.

ESPETINHOS DE TAMBORIL E CAMARÃO DE UMBAR

Deixe seu peixe ainda mais saboroso trocando os espetinhos normais de madeira ou de metal por ramos grossos de alecrim, que vão dar um aroma herbáceo maravilhoso, além de aumentarem a beleza do prato! É importante deixá-los de molho por um bom tempo antes de usar, senão podem queimar e estragar a carne.

Os Corsários de Umbar são inimigos declarados de Gondor por toda a Terceira Era, pilhando e aterrorizando a costa sul com suas frotas de piratas. Os corsários aparecem em O Senhor dos Anéis *quando Aragorn captura seus barcos e navega com eles até Minas Tirith com reforços durante a Batalha dos Campos de Pelennor.*

A cidade de Umbar fica na baía de Belfalas, no Harad Próximo, e estes kebabs simples de camarão com pedaços de tamboril poderiam muito bem ser o tipo de prato que os corsários preparariam antes de partir em suas expedições de pilhagem ao longo do litoral acidentado de Gondor.

PARA 4 PESSOAS
PRÉ-PREPARO E COZIMENTO
20 MINUTOS, MAIS O TEMPO DE DEMOLHA E MARINADA POR 1½ HORA

INGREDIENTES

8 ramos grandes de alecrim
500 g de filés de tamboril cortados em 16 pedaços grandes
16 camarões-tigre, descascados e limpos
2 dentes de alho triturados
raspas e suco de 1 limão-siciliano (serão usados separadamente)

1½ colher (sopa) de azeite extravirgem
sal e pimenta-do-reino

Para o *aïoli* de limão
3 gemas
2 colheres (chá) de vinagre de vinho branco
1 colher (chá) de mostarda de Dijon
2-4 dentes de alho triturados
1 colher (sopa) de suco de limão-siciliano
300 ml de azeite extravirgem
sal e pimenta branca

1 Desfolhe os ramos de alecrim, mas deixe algumas folhas na base de cada ramo. Faça também um corte diagonal nas pontas para deixá-los mais afiados. Coloque-os de molho em água fria por 30 minutos. Pique finamente 1 colher (sopa) das folhas de alecrim e guarde o restante para outra receita.

2 Insira os pedaços de peixe nos espetinhos demolhados de alecrim, alternando com o camarão, de forma que você tenha 2 cubos de peixe e 2 camarões por espeto. Coloque os espetinhos em uma travessa rasa não metálica.

3 Misture o alecrim picado com o alho, as raspas de limão e um pouco de sal e pimenta com o azeite, despeje por cima dos espetinhos e deixe marinar por 1 hora.

4 Prepare o *aïoli*. Coloque as gemas, o vinagre, a mostarda, o alho, o suco de limão e um pouco de sal e pimenta em um processador de alimentos e bata um pouco até que a mistura fique espumosa. Depois disso, despeje o azeite lentamente pelo funil enquanto continua a bater, até que o molho esteja espesso e brilhante. Caso o molho fique grosso demais, dilua-o com um pouco de água fervente. Prove e ajuste o tempero a gosto.

5 Tire os espetinhos da marinada. Grelhe em uma churrasqueira por 2-3 minutos de cada lado, até que estejam cozidos. Outra opção é cozinhá-los por 2-3 minutos de cada lado sob um gratinador ou grill de forno preaquecidos.

6 Regue os espetinhos com o suco de limão e sirva-os com o *aïoli* para acompanhar.

ASAS DE MORCEGO DA FLORESTA DAS TREVAS

Estas asinhas de "morcego" levam gel alimentício preto para ganhar uma coloração escura, assustadora e convincente, mas se quiser algo menos sinistro, basta não usar o corante e só apreciar os sabores desta receita inspirada na culinária asiática.

Em O Hobbit, Bilbo e os anões aprenderam da pior forma possível que acender uma fogueira na Floresta das Trevas durante a noite pode atrair milhares de mariposas e morcegos negros imensos em seu encalço. Entretanto, gostamos de imaginar que seria possível fazer bom proveito disso em caso de escassez de suprimentos, capturando alguns dos quirópteros para preparar um belo jantar. Depois de marinadas e bem assadas, suas "asinhas de morcego" ficam crocantes e deliciosas.

PARA 4 PESSOAS
PRÉ-PREPARO E COZIMENTO
20 MINUTOS, MAIS O TEMPO DA MARINADA POR 1-2 HORAS

INGREDIENTES

8 asas grandes de frango, aprox. 100 g cada

Para a marinada
1 dente de alho
1 pedaço de 5 cm de gengibre fresco, descascado e picado
suco e raspas finas da casca de 2 limões
2 colheres (sopa) de molho de soja escuro (mais denso e viscoso)
2 colheres (sopa) de óleo de amendoim
2 colheres (chá) de canela em pó
1 colher (chá) de cúrcuma em pó
2 colheres (sopa) de mel
3 gotas de corante alimentício preto em gel (opcional)
sal

1   Deixe 8 espetinhos de bambu de molho em água fria por 30 minutos.

2   Em um liquidificador ou processador de alimentos, coloque todos os ingredientes da marinada e bata até a mistura ficar homogênea.

3   Distribua as asinhas em uma travessa rasa não metálica, regue com a marinada e misture até cobrir bem todos os pedaços. Cubra a travessa e deixe repousar por 1-2 horas.

4   Retire o frango da marinada, enfie nos espetos e grelhe em uma churrasqueira por 4-5 minutos de cada lado, pincelando com a sobra da marinada ao longo do processo. Outra opção é cozinhar por 4-5 minutos de cada lado sob um gratinador ou grill de forno preaquecidos, também pincelando com a sobra da marinada ao longo do processo.

Floresta das Trevas

DIETAS NÃO TRADICIONAIS DA TERRA-MÉDIA

A maioria esmagadora dos povos da Terra-média — homens, elfos e hobbits — tem uma alimentação razoavelmente convencional: carnes, vegetais e grãos que não causariam estranheza na Europa da Idade Média em diante. Alguns itens que vieram a se tornar básicos depois da Idade Média na Europa — como o açúcar e o tomate —, são notadamente omitidos das narrativas de Tolkien, mas outros estão muitíssimo presentes, como batatas, chá, café e erva-de-fumo (tabaco).

Entretanto, há também dietas mais incomuns na Terra-média. Tom Bombadil e sua esposa, Fruta d'Ouro, aparentemente são vegetarianos. Quando oferecem abrigo a Frodo, Sam, Merry e Pippin depois das dificuldades enfrentadas na Floresta Velha, o casal monta uma mesa com creme, favos de mel, pão branco, manteiga, queijo, leite, ervas verdes e frutas silvestres maduras — alimentos que sugerem a dieta daqueles fazendeiros e meio hippies, à base de hortaliças e laticínios de sua pequena propriedade e de colheitas realizadas na natureza. Para beber, o casal oferece o que parece ser água fresca e translúcida, mas cujo efeito se revela tão animador e embriagante quanto vinho. Como Bombadil e Fruta d'Ouro são semelhantes a espíritos da natureza, é de se imaginar que seu vegetarianismo tem caráter ético, devido à sua afinidade com os seres vivos. Outro vegetariano ético seria Beren, um herói de *O Silmarillion*, que conquista a amizade dos animais durante seu período vivendo na natureza. Os ents talvez sejam os personagens com a alimentação mais ecologicamente correta, já que recebem todo seu sustento de uma bebida milagrosa preparada com pouco mais do que água fluvial.

Do lado oposto dessa escala, temos os orcs — ou goblins, como são conhecidos em *O Hobbit* —, cuja alimentação parece consistir majoritariamente de carne crua, incluindo a de cavalos e pôneis, e uma bebida de sabor agressivo (página 166), provavelmente do mesmo tipo que era ocasionalmente despejado pelas gargantas de Merry e Pippin após seu rapto. Há sugestões de que os uruk-hai — uma espécie de versão aprimorada dos orcs — comem carne humana e que até mesmo praticam um certo canibalismo, consumindo a carne de seus parentes inferiores.

Enquanto isso, Gollum, o hobbit mais parecido com os orcs, complementa sua alimentação de carne crua com ocasionais peixes cavernícolas. Ele demonstra repulsa pela ideia de cozinhar qualquer coisa, bem como pelo consumo de "mato" (ervas) e raízes —, um ato repugnante que, tal como demonstrado em suas conversas com Sam, ele só cogitaria adotar se estivesse morrendo de fome. Conforme bem salientado por um especialista em uma pesquisa muito detalhada, estes seres que evitam a luz, tanto Gollum quanto os orcs, certamente sofriam de carência de vitamina D debilitante.

CHÁ DA TARDE

Há algo tipicamente hobbitesco no chá da tarde — é difícil imaginar os homens rústicos de Gondor, muito menos os elfos de Valfenda ou Lothlórien, parando para apreciar algo tão autocomplacente — e tão incrivelmente delicioso! De qualquer forma, se a "festa inesperada" de Bilbo — que começa minimamente como um chá da tarde — serve de exemplo, anões têm grande preferência por um bolo ou vários. Também descobrimos durante o encontro de Thorin e Companhia com Beorn, o beorning, que este parece ser outro padeiro de mão cheia!

TARTE TATIN DE BETERRABA COM QUEIJO DE CABRA

Esta receita digna de aplausos parece complexa, mas é muito simples de se fazer. Tente cortar a beterraba em pedaços iguais e distribui-los em uma única camada compacta de forma visualmente atraente, pois eles ficarão por cima ao servir a torta.

A beterraba é um vegetal quase sempre subestimado, mas, assim como os hobbits simples do Condado, sabe ser extraordinária se lhes forem dadas as devidas condições. Esta torta farta, saborosa, com um toque de acidez cremosa e cor de rubi é uma receita que acreditamos ser digna da mesa de Elrond na Última Casa Acolhedora.

PARA 4-6 PESSOAS

PRÉ-PREPARO E COZIMENTO
45 MINUTOS

INGREDIENTES

2 colheres (sopa) de azeite

2 dentes de alho picados

1 colher (chá) de folhas de tomilho

2 colheres (sopa) de vinagre balsâmico

500 g de beterraba cozida (não em conserva), fatiada ou cortada em gomos finos.

250 g de massa folhada gelada

farinha para polvilhar

125 g de queijo de cabra quebradiço

folhas de tomilho ou cebolinha-francesa em fatias finas para decorar

1 Em uma frigideira que possa ser levada ao forno, aqueça o azeite em fogo médio-baixo e, quando estiver quente, frite o alho e o tomilho por 1-2 minutos, só até começarem a amolecer. Acrescente o vinagre e cozinhe lentamente em fervura branda por 1-2 minutos, até ganhar viscosidade.

2 Distribua os pedaços de beterraba para que fiquem bem encaixadinhos na panela, depois aumente o fogo um pouco e cozinhe por 4-5 minutos, até que a parte de baixo delas comece a dourar.

3 Enquanto isso, coloque a massa em uma superfície de trabalho enfarinhada e abra-a em um círculo com cerca de 1 cm a mais de diâmetro que a frigideira.

4 Ponha a massa por cima da frigideira, enfiando as bordas para dentro com capricho para envolver todos os pedaços de beterraba, e asse em forno preaquecido a 200°C por 15-20 minutos, até que a massa esteja bem crescida e dourada.

5 Vire a torta em um prato grande, esfarele o queijo de cabra por cima e sirva-a decorada com tomilho ou cebolinha.

CROSTINI QUENTE DE COGUMELOS

Estas torradinhas de cogumelo leves e gostosas são uma encantadora alternativa salgada às guloseimas doces servidas normalmente com chá. A combinação de cogumelos com estragão é clássica, mas você também pode substituí-lo por manjerona ou salsinha.

Cogumelos são um ingrediente muito querido para os hobbits, especialmente Frodo, que quando jovem furtava cogumelos dos campos do fazendeiro Magote. Cogumelos se escondem na nossa frente, mesclando-se ao campo ou ao solo das campinas, assim como os hobbits, que desaparecem com facilidade em meio a suas paisagens nativas, seguindo invisíveis às pessoas comuns quando desejam passar despercebidos. Talvez exatamente essa habilidade recíproca de desaparecer na paisagem tenha inspirado Tolkien a fazer dos hobbits verdadeiros apreciadores dos cogumelos.

PARA 4 PESSOAS
PRÉ-PREPARO E COZIMENTO
15 MINUTOS

INGREDIENTES

75 g de manteiga

2 dentes de alho, 1 picado e 1 inteiro

1 colher (sopa) de estragão picado

250 g de cogumelos portobello picados grosseiramente

sal marinho e pimenta-do-reino preta moída na hora

1 colher (sopa) de azeite

pão de fermentação natural ou estilo rústico, cortado em fatias finas

1 Derreta a manteiga em uma frigideira grande. Coloque o alho picado, o estragão e aqueça até a manteiga começar a espumar.

2 Junte os cogumelos picados e frite em fogo médio por 4-5 minutos, até que estejam macios e dourados. Tempere generosamente com sal e pimenta.

3 Enquanto isso, pincele cada fatia de pão com um pouco de azeite. Aqueça uma frigideira com sulcos para grelhados e, quando estiver quente, toste o pão até que esteja dourado e bem-marcado.

4 Depois de tostar o pão, esfregue cada fatia delicadamente com o dente de alho inteiro.

5 Distribua as torradas em 4 pratos e cubra com os cogumelos amanteigados.

BOLO DE SEMENTES DO BILBO

Os bolos de sementes costumam ser aromatizados com sementes de cominho. Esta receita tem um toque cítrico e é uma iguaria delicada e elegante que cai muito bem com chá. E qualquer sobra deste bolo é um pretexto perfeito para o preparo de um pavê.

PARA 10 PESSOAS
PRÉ-PREPARO E COZIMENTO

1 ½ HORA

INGREDIENTES

175 g de manteiga em temperatura ambiente
175 g de açúcar refinado
3 ovos batidos
250 g de farinha de trigo com fermento
1 colher (chá) de fermento químico
1 ½ colher (chá) de sementes de cominho (*kümmel*) esmagadas grosseiramente
raspas da casca de 1 laranja grande e 5-6 colheres (sopa) de suco de laranja
25 g de açúcar cristal

1 Unte e forre com papel-manteiga uma fôrma de bolo inglês de 1 kg.

2 Em uma tigela, bata a manteiga e o açúcar refinado até formar uma mistura cremosa e de coloração clara. Pouco a pouco, vá colocando colheradas alternadas de ovo batido e farinha, até acrescentar tudo e a mistura ficar homogênea. Junte o fermento químico, o cominho, as raspas e o suco de laranja. O ponto certo é quando você pegar uma colherada da massa, inclinar a colher e parte da massa cair sem muita resistência.

3 Com uma colher, distribua a mistura na fôrma preparada. Espalhe para nivelar a superfície e salpique com o açúcar cristal.

4 Asse em forno preaquecido a 160°C por cerca de 60-70 minutos, até que cresça bem e a superfície esteja rachada e dourada. Faça o teste enfiando um palito de madeira no bolo: ele deve sair limpo.

5 Deixe esfriar na fôrma por 10 minutos, depois solte as laterais e desenforme-o. Coloque-o em uma grade de resfriamento, retire o papel-manteiga e deixe esfriar. Armazene em um recipiente hermético por até uma semana.

No início de O Hobbit, *um dos visitantes inesperados, Balin — um anão de aparência muito velha — pede um bolo de sementes, muito especificamente. Bilbo tinha assado alguns bolos de sementes naquela mesma tarde, por isso é capaz de atender ao pedido, mesmo que a contragosto — seu plano era comê-los em um lanchinho após o jantar. O bolo de sementes foi muito popular na Inglaterra durante a era vitoriana e durante o início do século XX, o período relembrado por Tolkien com carinho ao descrever as comidas do Condado.*

Bilbo Bolseiro

BISCOITOS AMANTEIGADOS DE NIPHREDIL

Estes biscoitos amanteigados delicados em formato de flor são perfeitos para servir com chá em ocasiões especiais. Você pode guardá-los por até uma semana em um pote hermético.

Estes biscoitos encantadores são inspirados nas pequenas florezinhas que costumavam crescer por onde caminhava Lúthien, a princesa elfa do reino florestal de Doriath em Beleriand. Na Segunda e Terceira Eras, essa flor também brota em Lothlórien onde, enquanto Galadriel estiver no comando, é sempre primavera. Tanto Lúthien quanto Galadriel lembram as Damas Brancas da mitologia galesa — seres sobrenaturais que comandam misteriosos e fascinantes reinos florestais.

RENDE 14 UNIDADES

PRÉ-PREPARO E COZIMENTO
40 MINUTOS

INGREDIENTES

175 g de farinha de trigo, e mais um pouco para polvilhar

50 g de amêndoas moídas

50 g de açúcar refinado, e mais um pouco para decorar

algumas gotas de extrato de amêndoas

150 g de manteiga em cubos

Para decorar

25 g de amêndoas inteiras, sem pele e partidas ao meio

2 cerejas em calda cortadas em pedaços pequenos

1 Misture a farinha, as amêndoas moídas, o açúcar e o extrato de amêndoas em uma tigela ou processador de alimentos. Acrescente a manteiga e esfregue com as pontas dos dedos ou processe até que a mistura se assemelhe a uma farofa fina.

2 Molde a mistura com as mãos para formar uma bola. Sove levemente e abra em uma superfície levemente enfarinhada até ficar com 1 cm de espessura. Corte círculos de 6 cm de diâmetro com um cortador para biscoitos redondo e canelado. Sove as aparas e continue abrindo e cortando até usar toda a massa. Transfira os biscoitos para uma assadeira (não precisa untar).

3 Fure cada biscoito 4 vezes com um garfo, no sentido do meio para as pontas, para marcar o formato de uma estrela, e coloque uma metade de amêndoa no espaço entre cada marca para formar uma florzinha branca. Decore o centro com um pedacinho de cereja em calda. Polvilhe com um pouco mais de açúcar refinado e asse em forno preaquecido a 160°C por cerca de 15 minutos, até ganhar uma leve cor dourada.

4 Coloque os biscoitos em uma grade de resfriamento e deixe esfriar.

BOLINHOS DE MORANGO COM LAVANDA

Os aromas e sabores do verão se unem em versão comestível nestes bolinhos maravilhosos. Eles são mais gostosos se consumidos no dia em que forem recheados, mas se ficarem sem o recheio, podem ser armazenados em um pote hermético por até 3 dias.

Nada representa melhor o prazer do verão do que morangos com chantili, e é exatamente esta combinação que Tolkien adota ao imaginar sua "eucatástrofe" (uma catástrofe feliz) com a qual conclui — exceto pela despedida dos portadores dos Anéis — O Senhor dos Anéis. Durante o ano milagroso de 1420 (Registro do Condado) — uma época de colheitas excelentes no Condado, pelo menos parcialmente pela influência de Sam —, diz-se que os hobbits jovens estavam quase flutuando em morangos com creme!

Estes bolinhos de morango com lavanda remetem à abundância de morangos e creme obtidos em uma boa estação. São uma maravilhosa opção doce para servir com chá ou como uma sobremesa encantadora para o verão.

RENDE 8 UNIDADES
PRÉ-PREPARO E COZIMENTO
40 MINUTOS

INGREDIENTES

150 g de farinha de trigo, e mais um pouco para polvilhar
25 g de arroz moído (é uma farinha de arroz mais grossa)
125 g de manteiga em cubos
50 g de açúcar refinado
1 colher (sopa) de pétalas de lavanda

Para decorar
250 g de morangos (ou uma mistura de morangos e framboesas)
150 ml de creme de leite com alto teor de gordura
16 ramos pequenos de lavanda (opcional)
açúcar de confeiteiro peneirado para polvilhar

1 Misture a farinha e o arroz moído em uma tigela ou
   processador de alimentos. Acrescente a manteiga e
   esfregue com as pontas dos dedos ou processe até que a
   mistura se assemelhe a uma farofa fina.

2 Junte o açúcar, as pétalas de lavanda e vá espremendo a
   farofa com as mãos para formar uma bola lisa.

3 Sove levemente a massa e abra-a em uma superfície
   levemente enfarinhada até ficar com 5 mm de espessura.
   Corte círculos de 7,5 cm de diâmetro com um cortador de
   biscoitos redondo e canelado. Sove as aparas e continue
   abrindo e cortando até conseguir 16 biscoitos ao todo.
   Transfira para uma assadeira (não precisa untar).

4 Fure com um garfo, no sentido do meio para as pontas,
   e asse em forno preaquecido a 160°C por 10-12 minutos,
   até ganharem uma leve cor dourada. Deixe esfriar na
   assadeira.

5 Para servir, corte 4 dos morangos menores ao meio, depois
   pegue os outros, tire os talos e corte em fatias. Bata o creme
   até o ponto de chantili e distribua colheradas sobre 8 dos
   biscoitos. Cubra com os morangos fatiados e depois com
   o restante dos biscoitos. Cubra com o restante do chantili
   e decore com as metades de morango reservadas e com os
   raminhos de lavanda se assim desejar. Polvilhe os bolinhos
   com um pouco de açúcar de confeiteiro peneirado.

BOLINHOS DE MEL DUPLAMENTE ASSADOS DO BEORN

Como os *biscotti* são secos, costumam ser servidos com algo para mergulhar. Saboreie estes *biscotti* de mel e pistache com café forte, Chá de Athelas (página 162) ou à moda italiana, servidos depois do jantar com uma taça de vinho Marsala.

Além dos bolinhos de mel que Beorn serve a Bilbo e seu grupo no jantar (veja os Bolinhos de Mel de Beorn na página 28), ele também os presenteia com bolinhos duplamente assados para levar em sua jornada. Imaginamos que esses bolinhos seriam semelhantes aos biscotti *italianos ou os* hardtacks *da marinha — cozidos duas vezes para ficarem mais crocantes, mais duráveis e mais fáceis de levar em viagens.*

RENDE APROX. 24 UNIDADES

PRÉ-PREPARO E COZIMENTO
1 HORA, MAIS O TEMPO DE REFRIGERAÇÃO

INGREDIENTES

25 g de manteiga sem sal amolecida
50 g de açúcar refinado
raspas finas da casca de 1 limão-siciliano
125 g de farinha de trigo com fermento
½ colher (chá) de fermento químico
1 colher (sopa) de mel
1 gema
1 colher (sopa) de clara
65 g de pistache sem casca, sem pele e picado grosseiramente

1 Em uma tigela, bata a manteiga com o açúcar e as raspas de limão até que fique aerado e com cor pálida. Peneire a farinha com o fermento sobre a mistura e depois junte o mel, a gema, a clara e o pistache. Misture até obter uma massa macia.

2 Divida a massa em 2 pedaços e enrole cada uma em um cilindro com aproximadamente 15 cm de comprimento. Coloque os dois cilindros bem afastados um do outro em uma assadeira untada e então achate-os até ficarem com 1 cm de espessura.

3 Asse em forno preaquecido a 160ºC por 20 minutos, até que a massa cresça e comece a ganhar uma leve cor dourada.

4 Retire do forno e deixe esfriar por 10 minutos, mas não desligue o forno. Use uma faca serrilhada para fazer cortes transversais, formando fatias de 1 cm de espessura. Volte ao forno com as faces cortadas viradas para cima e deixe assar por mais 10 minutos para endurecer. Transfira para uma grade de resfriamento e deixe esfriar.

GELEIA DE MIRTILOS COM MEL DO "ABELHÃO"

Esta receita mistura a delícia das frutas silvestres do verão com a doçura intensa do mel, uma geleia que pode ser saboreada o ano inteiro. Sirva com os Scones Integrais com Melaço (página 122) ou espalhe generosamente sobre belas torradas.

Na Terra-média, assim como no mundo medieval, o adoçante mais comum parece ser o mel. Um dos personagens, o troca-peles Beorn, é um apicultor entusiasmado, e as comidas que ele prepara e serve aos seus visitantes costumam ser enriquecidas com mel. O mel também aparece dentre as opções servidas aos hobbits por Tom Bombadil e Fruta d'Ouro. Há um longo poema escrito por Bilbo e parte do Livro Vermelho, chamado "Vida Errante", que faz menção a uma espécie de abelha monstruosa chamada Abelhão, cujo nome original em inglês ("Dumbledor") vem de uma palavra do inglês antigo para a abelha conhecida por mamangava ou abelhão, entre outros nomes.

RENDE 2-3 POTES

PRÉ-PREPARO E COZIMENTO 35 MINUTOS

INGREDIENTES

600 g de mirtilos
150 ml de água
375 g de açúcar com pectina para geleias, aquecido
125 g de mel translúcido
suco de 1 limão-siciliano
15 g de manteiga (opcional)

1 Coloque os mirtilos e a água em uma panela adequada para geleias (larga, com laterais baixas, de inox e fundo grosso) e cozinhe lentamente por 10 minutos, até amolecer as frutas, esmagando-as de tempos em tempos com uma colher de pau.

2 Junte o açúcar, o mel e o suco de limão e aqueça cuidadosamente, mexendo de tempos em tempos até dissolver bem. Leve à fervura e ferva rapidamente até atingir o ponto de endurecimento (10-15 minutos).

3 Se começar a formar espuma na superfície, tire com uma colher vazada ou escumadeira, ou então acrescente a manteiga e misture para desfazer a espuma.

4 Com uma concha, transfira para potes esterilizados, ainda mornos e bem secos, preenchendo-os até a boca. Feche com tampas de rosca ou com discos de cera e cobertura de celofane, vedando com elásticos. Etiquete e deixe esfriar.

GELEIA DE AMEIXA COM ESPECIARIAS

Esta geleia de sabor natalino é um ótimo presente comestível. Cubra cada pote com um quadrado de tecido arrematado com fitas de cores temáticas e inclua uma etiqueta de presente com algumas sugestões de como servir.

Ao final de O Senhor dos Anéis, Tolkien descreve o ano após o fim da Guerra do Anel — 1420 no Registro do Condado — como um período de extrema abundância. De um jeito que talvez remeta às pinturas carnavalescas do artista holandês Hieronymus Bosch, Tolkien descreve — dentre outras coisas — jovens hobbits que estão praticamente nadando em morangos com creme ou sentados debaixo de ameixeiras, esbaldando-se com frutas maduras até formarem pequenas pirâmides com os caroços descartados.

RENDE 4-5 POTES
PRÉ-PREPARO E COZIMENTO
1 ¼ HORA

INGREDIENTES

1,5 kg de ameixas recém-amadurecidas, sem caroço e cortadas ao meio
suco e raspas de 1 laranja
300 ml de água
1 pau de canela cortado ao meio
1 colher (chá) de cravos inteiros
1,5 kg de açúcar cristal aquecido
15 g de manteiga (opcional)

Página anterior:
Grandes Smials

1 Coloque as ameixas, a água, as raspas e o suco da laranja em uma panela adequada para geleias (larga, com laterais baixas, de inox e fundo grosso). Amarre a canela e os cravos em um saquinho de musselina e coloque dentro da panela. Tampe e cozinhe lentamente por 30 minutos, até que as ameixas amoleçam.

2 Acrescente o açúcar e aqueça cuidadosamente, mexendo de tempos em tempos, até dissolvê-lo por completo. Leve à fervura e ferva rapidamente até atingir o ponto de endurecimento (20-25 minutos). Se começar a formar espuma na superfície, tire com uma colher vazada ou escumadeira, ou então acrescente a manteiga e misture para desfazer a espuma.

3 Descarte o saquinho com as especiarias.

4 Com uma concha, transfira a geleia para potes esterilizados, ainda mornos e bem secos, preenchendo-os até a boca. Feche com tampas de rosca ou com discos de cera e cobertura de celofane, vendando com elásticos. Etiquete e deixe esfriar.

PERAS RECHEADAS DA "BALSA DE BUQUEBURGO"

Esta sobremesa fácil, com baixo teor de gordura e repleta de frutas e oleaginosas saudáveis é perfeita para encerrar uma refeição com louvor. Você pode variá-la usando mel no lugar do xarope de bordo e tâmaras no lugar das ameixas secas.

A balsa de Buqueburgo transporta Frodo, Sam, Merry e Pippin até a Terra dos Buques do outro lado do rio Brandevin, e assim eles escapam por pouco do cavaleiro negro misterioso que está firme em seu encalço. Estas peras recheadas, inspiradas nessa balsa, carregam um bocado delicioso de avelãs e frutas. São servidas sobre um lago de sumo doce, tal como a balsa que levou os hobbits para o outro lado do grande rio do Condado.

PARA 4 PESSOAS
PRÉ-PREPARO E COZIMENTO
45 MINUTOS

INGREDIENTES

4 peras maduras, de preferência de um tipo de casca mais clara

3 ameixas secas, sem caroço e picadas grosseiramente

25 g de avelãs tostadas, picadas grosseiramente

½ colher (chá) de canela em pó

4 colheres (sopa) de xarope de bordo (*maple syrup*)

75 g de amoras cortados ao meio

25 g de manteiga

sorvete ou iogurte (opcional)

1 Corte as peras ao meio, depois corte uma fatia pequena das costas de cada uma delas para que fiquem paradas e niveladas na assadeira. Retire o miolo e as sementes, formando uma cavidade, mas deixe o talo intacto.

2 Em uma tigela, misture as ameixas secas e as avelãs com a canela e o xarope de bordo, depois incorpore as amoras. Recheie as cavidades das peras com essa mistura, deixando transbordar, e coloque um pedacinho de manteiga em cima de cada pilha de recheio. Cubra a assadeira com papel-alumínio e asse em forno preaquecido a 200°C por 25 minutos. Retire o papel-alumínio e asse por mais 10 minutos.

3 Para servir, espalhe colheradas do sumo do cozimento por cima e ao redor das peras. Se desejar, acompanhe o prato com uma bola de sorvete ou colherada de iogurte.

SCONES INTEGRAIS COM MELAÇO

Sirva estes *scones* quentes ou frios, partidos ao meio e cobertos com *crème fraîche* ou creme de leite espesso e Geleia de Mel e Mirtilos (página 117) ou Geleia de Ameixa com Especiarias (página 120). Eles ficam mais gostosos se consumidos no dia do preparo.

Os scones estão entre as muitas comidas deliciosas que Bilbo serve para Thorin e Companhia quando estes chegam em Bolsão, no início de O Hobbit. Esta receita rende 14 unidades — o suficiente para todos os 13 anões e mais um para o mago. São uma guloseima perfeita para servir com chá, partidos ao meio e cobertos com colheradas de creme e geleia. Talvez você prefira fazer como Bilbo e servi-los com um bule fumegante de café.

RENDE 14 UNIDADES
PRÉ-PREPARO E COZIMENTO
30 MINUTOS

INGREDIENTES

400 g de farinha maltada para pão, e mais
  um pouco para polvilhar (opcional)
50 g de manteiga em cubos
50 g de açúcar mascavo não muito escuro
3 colheres (chá) de fermento químico
1 colher (chá) de bicarbonato de sódio
8 colheres (sopa) de iogurte natural
2 colheres (sopa) de melaço de cana escuro
1 ovo batido

1 Coloque a farinha em uma tigela ou processador de alimentos. Acrescente a manteiga e esfregue com as pontas dos dedos ou processe até que a mistura se assemelhe a uma farofa fina. Junte o açúcar e o fermento.

2 Misture o bicarbonato de sódio no iogurte, depois despeje na mistura de farinha junto com o melaço. Vá acrescentando o ovo batido aos poucos, apenas o suficiente para formar uma massa macia e não grudenta.

3 Sove a massa com delicadeza e abra-a sobre uma superfície levemente enfarinhada até ficar com 2 cm de espessura.

4 Trabalhando rapidamente, corte círculos de 5 cm de diâmetro com um cortador redondo de biscoitos. Sove as aparas e continue abrindo e cortando até usar toda a massa.

5 Coloque os círculos de massa em uma assadeira untada e salpique-os com um pouquinho mais de farinha se assim desejar. Asse-os em forno preaquecido a 220ºC por 6–8 minutos, até ficarem bem crescidos e dourados.

TORTA DE MAÇÃ COM GELEIA DO BIFUR

Estas tortas abertas individuais têm um visual impressionante, mas nem por isso são difíceis de se preparar. Ficam ainda melhores servidas com um pouco de creme de leite por cima ou com *crème fraîche*, e combinam muito com sorvete de creme, dando origem a uma bela sobremesa.

Bifur é mais um dos 13 anões membros da companhia de Thorin, que surge inesperadamente à porta de Bilbo no início de O Hobbit. *Quando ele pede torta de maçã e geleia, Bilbo providencia rapidamente em uma de suas despensas. Este flan à moda inglesa — uma torta assada — leva maçã e geleia de damasco.*

RENDE 4 TORTINHAS

PRÉ-PREPARO E COZIMENTO
50 MINUTOS, MAIS 30 MINUTOS PARA GELAR

INGREDIENTES

375 g de massa folhada pronta
farinha para polvilhar
2 maçãs verdes crocantes (como do tipo *granny smith*), descascadas, fatiadas e sem o miolo
1 colher (sopa) de açúcar refinado
25 g manteiga sem sal gelada
creme de leite espesso ou *crème fraîche* para servir

Para a geleia brilhosa de damasco
250 g de geleia de damasco
2 colheres (chá) de suco de limão-siciliano
2 colheres (chá) de água

Página anterior:
Bolsão

1 Divida a massa em quartos e abra cada um deles sobre uma superfície levemente enfarinhada, até ficarem com 2 mm de espessura. Use um pratinho de 13 cm de diâmetro como guia para cortar 4 círculos de massa — vá fazendo uma série de cortes ao redor do prato em vez de passar a faca de uma vez por toda a volta, pois isto pode acabar esticando a massa. Coloque os discos de massa em uma assadeira.

2 Coloque um prato um pouco menor por cima de cada disco e marque um sulco ao redor da beirada para formar uma borda de 1 cm. Perfure o centro dos discos com um garfo e refrigere por 30 minutos.

3 Distribua as fatias de maçã em círculo sobre os discos de massa e polvilhe com o açúcar. Rale a manteiga gelada por cima e asse em forno preaquecido a 220°C por 25-30 minutos, até a massa e as maçãs estarem douradas.

4 Enquanto isso, prepare a geleia de damasco. Em uma panela pequena, coloque a geleia de damasco, o suco de limão e a água. Aqueça lentamente até derreter a geleia. Aumente o fogo, ferva por 1 minuto, retire do fogo e passe por uma peneira fina, apertando bem. Mantenha a geleia aquecida e pincele-a por cima de cada tortinha de maçã enquanto ainda estiverem mornas. Sirva com creme de leite espesso ou *crème fraîche*.

BOLO DE MAÇÃ COM AMORA

Na Europa, as maçãs e as amoras chegam ao ponto ideal de colheita no começo do outono, e quer jeito melhor de aproveitá-las do que juntas em um delicioso bolo? Aprecie esta receita na hora do chá ou com uma xícara de café depois do jantar. Armazene em um pote hermético por até 2 dias.

Este bolo com cobertura crocante lembra a abundância de frutas ao final do verão no Condado — e por tabela, o condado de Warwickshire da juventude de Tolkien —, quando as árvores estão carregadas de maçãs e as amoras estão quase estourando de tão suculentas. Um dos passatempos principais dos hobbits é visitar uns aos outros — com isso em mente, imaginamos que nenhuma despensa de hobbit estaria completa sem vários bolos bonitos prontos para servir aos visitantes, ou para serem saboreados pelos hobbits enquanto se ocupam redigindo bilhetes de agradecimento aos seus amigos pelos presentes de aniversário indesejados.

PARA 16 PESSOAS
PRÉ-PREPARO E COZIMENTO
1¼ HORA

INGREDIENTES

175 g de manteiga em temperatura ambiente
175 g de açúcar refinado
3 ovos batidos
200 g de farinha de trigo com fermento
1 colher (chá) de fermento químico
raspas da casca de 1 limão-siciliano
500 g de maçãs boas para cozinhar, descascadas, sem o miolo e em fatias finas
150 g de amoras congeladas recém-descongeladas

Para a cobertura tipo *crumble*
75 g de farinha de trigo com fermento
75 g de muesli
50 g de açúcar refinado
75 g de manteiga em cubos

1 Forre uma assadeira de 18 x 28 cm com papel-manteiga.

2 Em uma tigela, bata a manteiga e o açúcar até obter uma mistura cremosa e de coloração pálida. Pouco a pouco, vá juntando colheradas alternadas de ovo batido e farinha, até acrescentar tudo e a mistura ficar homogênea. Incorpore o fermento químico, as raspas de limão e distribua a massa na assadeira preparada. Nivele a superfície e disponha as fatias de maçã e as amoras por cima.

3 Faça a cobertura crocante tipo *crumble*. Em uma tigela, coloque a farinha, o muesli e o açúcar. Junte a manteiga e esfarele com as pontas dos dedos até que a mistura se assemelhe a uma farofa fina. Polvilhe por cima das frutas.

4 Asse em forno preaquecido a 180°C por aproximadamente 45 minutos, até que o *crumble* esteja dourado e ao inserir um palito no centro do bolo ele saia limpo.

5 Deixe esfriar na assadeira e desenforme, puxando o papel para ajudar. Corte o bolo em 16 barras ou fatias (se for redondo) e retire o papel-manteiga da base.

BOLO DE ONZENTA E UM ANOS DO BILBO

Para os chocólatras, faça uma versão desta receita substituindo 25 g da farinha por 25 g de cacau em pó, trocando os morangos por framboesas e usando geleia de framboesa no recheio. Se desejar uma guloseima de aniversário ainda mais exagerada, raspe chocolate meio-amargo por cima do bolo para decorar.

O Senhor dos Anéis começa com uma festa grandiosa — a celebração do aniversário de onzenta e um anos de Bilbo Bolseiro. Hobbits vêm de todos os cantos para a festa e Gandalf organiza um show de fogos de artifício, incluindo um dragão em homenagem ao aniversariante. A grande surpresa da noite é o discurso de despedida de Bilbo e seu desaparecimento repentino quando ele coloca o Um Anel e secretamente abandona Bolsão para partir em sua última aventura (e rumo à aposentadoria em Valfenda).

A receita de bolo de aniversário a seguir pode ser preparada em várias versões capazes de agradar até os hobbits e humanos mais exigentes. Experimente usar tipos diferentes de geleia e frutas silvestres para personalizar este bolo em suas festas.

PARA 12 PESSOAS
PRÉ-PREPARO E COZIMENTO
1 ½ HORA

INGREDIENTES

175 g de manteiga levemente salgada, amolecida
175 g de açúcar refinado
2 colheres (chá) de extrato de baunilha
300 g de farinha de trigo com fermento
2 colheres (chá) de fermento químico
3 ovos
50 g de arroz moído (farinha de arroz mais grossa)
150 ml de iogurte natural
175 g de morangos, sem miolo e cortados em gomos

Para finalizar
300 ml de creme de leite com alto teor de gordura
3 colheres (sopa) de geleia de morango

1 Unte duas formas de bolo de 20 cm e
forre com papel-manteiga.

2 Coloque a manteiga, o açúcar e a
baunilha em um processador de
alimentos e bata até obter uma mistura
lisa. Acrescente a farinha com o
fermento peneirados, junte os ovos, o
arroz moído, o iogurte e bata tudo até
ficar cremoso.

3 Divida a mistura entre as assadeiras
e nivele a superfície. Asse em forno
preaquecido a 180ºC por 35-40 minutos,
até que a massa cresça, doure e esteja
flexível ao toque.

4 Deixe esfriar ainda na assadeira por
10 minutos, depois vire em uma grade
de resfriamento e remova o papel-
-manteiga. Deixe esfriar completamente.

5 Em uma tigela, bata o creme de leite
até formar picos macios. Corte o topo
de um dos bolos para nivelá-lo, depois
espalhe a geleia por cima e cubra
com metade do chantili até a beirada.
Espalhe ⅔ dos morangos por cima.
Coloque o segundo bolo por cima e
espalhe o restante do chantili.

6 Decore com o restante dos morangos.
Coloque velas de aniversário.

O Dia da Festa de Bilbo

ELFOS E SUA COMIDA

Tolkien, assim como os próprios elfos, costuma empregar termos etéreos para descrever a comida élfica e seu consumo. Enquanto hobbits, anões e homens são descritos como rudes quando fazem suas refeições, agindo de forma glutona ou gananciosa, elfos raramente são retratados dessa forma. Quando os hábitos alimentares dos elfos são mencionados, quase sempre é de forma vaga e um tanto sublime. Contrastando com *O Hobbit* e *O Senhor dos Anéis*, ambos livros quase obcecados por comida, *O Silmarillion*, uma obra dominada por elfos, faz muito menos referências a comida, mencionando banquetes genéricos em vez de alimentos ou pratos específicos. A impressão geral, portanto, é que para os elfos a comida não é intrínseca às suas necessidades biológicas. Afinal de contas, são seres imortais.

Entretanto, a imagem construída por Tolkien dos elfos e seus apetites parece ter passado por uma certa evolução entre a escrita de *O Hobbit* e *O Senhor dos Anéis*. Em *O Hobbit*, o primeiro encontro de Bilbo com elfos durante a Missão de Erebor ocorre em Valfenda onde, na Última Casa Acolhedora, estão sendo assados bolinhos de carne e pães — alimentos bastante substanciosos, para dizer o mínimo. No segundo encontro, nas profundezas da Floresta das Trevas, Bilbo e os anões, famintos, se deparam com um banquete silvestre em que carnes de aroma sedutor estão sendo assadas sobre fogueiras. O Rei dos Elfos da Floresta das Trevas, ainda por cima, é descrito como um conhecedor de vinhos que importa safras especiais de lugares tão longínquos quanto o mar de Rhûn e que toma conta de sua adega tal como um dragão protege suas pilhas de ouro.

Por outro lado, nosso primeiro encontro com elfos em *O Senhor dos Anéis* nos dá uma impressão muito diferente do apetite deles, embora isso possa ser explicado em parte pela distinção que Tolkien faz entre os altos-elfos extremamente sofisticados e os elfos da floresta, mais rústicos, que são retratados em *O Hobbit*. Na Vila do Bosque, Frodo, Pippin e Sam apreciam uma refeição singela, aparentemente vegetariana, que é oferecida por Gildor, um elfo noldorin, incluindo pães "cujo sabor supera um bom pão branco" e frutas "adocicadas como frutas silvestres" acompanhados de uma "bebida perfumada, fresca como uma fonte translúcida". Pode-se perceber que as comidas são descritas de forma bem vaga, como se fossem *semelhantes* a alguma outra coisa — de forma estranha, exótica e até mesmo sobrenatural, em contraste total com a alimentação robusta dos próprios hobbits.

Encontros posteriores e bem mais longos com os elfos nos trazem ainda menos detalhes. Em Valfenda, há muitos banquetes, mas o foco principal desses eventos parece ser muito mais a cantoria e a contação de histórias do que a comida. Igualmente, pouco ficamos sabendo sobre a comida em Lothlórien — exceto o fato de que obviamente é melhor do que as coisas que a Sociedade do Anel vinha comendo até então. As únicas exceções são o quase milagroso Pão Lembas (página 54) e a revigorante bebida Miruvor (página 163).

JANTAR E CEIA

O jantar ou ceia é a refeição mais mencionada em O Senhor dos Anéis, com o café da manhã logo atrás — o que reflete a importância desses momentos na rotina dos hobbits. Por ser a refeição mais substanciosa e alegre do dia, o jantar é aguardado com muita empolgação e costuma ser acompanhado por cantoria, conforme exemplificado pela canção de Frodo no Pônei Saltitante. Os homens de Gondor dão a mesma importância ao jantar — que eles chamam de "a refeição do dia" —, um momento de diversão e descanso após um dia de trabalho duro somente entrecortado por um café da manhã leve e um almoço ao meio-dia.

TAGINE DOS HARADRIM

Este tagine repleto de vegetais será sucesso entre amantes de carne, vegetarianos ou veganos. Para deixá-lo ainda mais nutritivo, sirva com quinoa, que é rica em proteínas, no lugar do cuscuz marroquino tradicional. Damascos secos também são ótimos substitutos para os figos.

Os haradrim são um povo orgulhoso e guerreiro que vive nas terras secas e ensolaradas ao sul de Gondor. São inimigos antigos de Gondor devido à sua opressão histórica nas mãos dos colonizadores de Númenor, e caem na influência de Sauron durante a Guerra do Anel. Tolkien os descreve como um povo afeito às cores dourada e vermelha, combinação esta que se reflete em suas joias, pintura corporal, armaduras e nas decorações dos seus olifantes.

Esta receita imagina uma refeição haradrim com tomates vermelhos de cor vívida e cuscuz marroquino dourado, temperada com especiarias que lembram sua ensolarada terra natal.

PARA 4 PESSOAS
PRÉ-PREPARO E COZIMENTO
1 HORA

INGREDIENTES

100 ml de óleo de girassol (será usado em duas partes)
1 cebola grande bem picada
2 dentes de alho triturados
2 colheres (chá) de cada especiaria: cominho, canela e sementes de coentro em pó
1 lata de 400 g de grão-de-bico, escorrido
1 lata de 400 g de tomates picados
600 ml de caldo de legumes
¼ de colher (chá) de estigmas de açafrão
1 berinjela grande, aparada e picada
250 g de champignons frescos, aparados e cortados ao meio caso sejam grandes
100 g de figos secos picados
2 colheres (sopa) de coentro fresco picado
sal e pimenta-do-reino

Para o cuscuz
350 g de cuscuz marroquino
½ colher (chá) de sal marinho
400 ml de água morna
1-2 colheres (sopa) de óleo de girassol
25 g de manteiga cortada em pedaços pequenos

1   Para fazer o tagine, aqueça 2 colheres (sopa) do óleo em uma frigideira, coloque a cebola, o alho, as especiarias e cozinhe em fogo médio por 5 minutos, mexendo com frequência, até dourar. Use uma colher vazada para transferir os ingredientes cozidos para uma panela, daí acrescente o grão-de-bico, o tomate, o caldo de legumes e o açafrão. Tempere com sal e pimenta.

2   Na frigideira, aqueça o restante do óleo, coloque a berinjela e cozinhe em fogo alto por 5 minutos, mexendo com frequência, até dourar. Ponha a berinjela na panela com o restante dos ingredientes, deixe ferver, reduza o fogo, tampe e cozinhe lentamente em fervura branda por 20 minutos.

3   Enquanto isso, coloque o cuscuz em uma travessa refratária. Dissolva o sal na água morna e despeje sobre o cuscuz. Misture uma vez para garantir que todos os grãos fiquem submersos, depois cubra com um pano de prato limpo e deixe descansar por 10-15 minutos.

4   Coloque os cogumelos e o figo na panela do tagine e cozinhe lentamente em fervura branda, sem tampar, por mais 20 minutos. Junte o coentro fresco, prove e ajuste o tempero.

5   Enquanto isso, passe um garfo pelo cuscuz para soltar os grãos. A seguir, use os dedos para incorporar o óleo nos grãos até que fiquem leves, aerados e sem grumos. Espalhe a manteiga por cima e cubra com um pedaço de papel-manteiga umedecido. Leve ao forno preaquecido a 175ºC por 15 minutos até aquecer completamente.

6   Divida o cuscuz em 4 pratos e cubra com colheradas do tagine.

ASSADO DE ABÓBORA COM QUEIJO DE CABRA

A beterraba e a abóbora são ricas em vitaminas, e quando assadas, ganham um sabor muito mais aveludado e adocicado. Sirva este prato com folhas picantes e aromáticas de rúcula para criar um contraste delicioso de textura e sabor. Caso haja sobras, guarde para usar no dia seguinte como uma cobertura colorida na salada do almoço.

O Condado foi criado para ser uma representação mítica da Inglaterra e não uma cópia direta de alguma realidade histórica medieval. Assim, as comidas que Tolkien menciona tão livremente em suas histórias são inspiradas primariamente na culinária de sua juventude, despertando características típicas inglesas que também são atemporais. Seguindo esse espírito, esta receita faz uma combinação entre o Novo Mundo, representado pela abóbora, e o Velho Mundo, a beterraba, para criar um prato vegetariano caprichado e saboroso.

PARA 4 PESSOAS
PRÉ-PREPARO E COZIMENTO
50 MINUTOS

INGREDIENTES

40 g de beterrabas cruas, descascadas e cortadas em cubos
625 g de abóbora (kabocha, *butternut*, ou outro tipo), descascada, sem sementes e cortada em cubos um pouco maiores que a beterraba
1 cebola roxa cortada em gomos
2 colheres (sopa) de azeite
2 colheres (chá) de sementes de erva-doce
2 queijos de cabra pequenos, 100 g cada
sal e pimenta-do-reino
alecrim picado para finalizar

1 Coloque os legumes em uma assadeira, regue com o azeite, salpique a erva-doce e tempere com sal e pimenta-do-reino. Asse em forno preaquecido a 200ºC por 20-25 minutos, virando uma vez, até que os legumes estejam dourados e macios.

2 Corte os queijos de cabra em terços e encaixe-os entre os legumes assados. Polvilhe os pedaços de queijo com um pouco de sal e pimenta e regue com um pouco do sumo que ficou na assadeira.

3 Leve de volta ao forno e asse por uns 5 minutos, até o queijo começar a derreter. Polvilhe com alecrim e sirva imediatamente.

TORTA DE COGUMELOS COM ALHO-PORÓ DO DRAGÃO VERDE

Além de vegetarianas, estas tortas individuais são um ótimo prato principal. Você também pode preparar uma única torta maior, mas para isso precisará aumentar o tempo no forno para 20-25 minutos ou até a massa estar bem crescida e dourada.

Tortas não precisam de carne para serem reconfortantes. Este clássico vegetariano dos pubs ingleses fará você se sentir um hobbit a postos para comer um belo jantar no Dragão Verde em Beirágua — o estabelecimento preferido de Sam e seu pai — enquanto fofoca sobre o velho Bolseiro de Bolsão e seus incríveis tesouros escondidos. "O que será que ele vai fazer agora?", você pergunta a seu amigo, Andwise Cordoeiro.

PARA 4 PESSOAS
PRÉ-PREPARO E COZIMENTO
45 MINUTOS

INGREDIENTES

25 g de manteiga

2 alhos-porós, aparados, limpos e cortados em fatias finas

300 g de cogumelos paris marrons, aparados e cortados em quartos

300 g de cogumelos paris brancos, aparados e cortados em quartos

1 colher (sopa) de farinha de trigo

250 ml de leite

150 ml de creme de leite fresco com alto teor de gordura

100 g de queijo cheddar forte ralado

4 colheres (sopa) de salsinha picada

2 folhas de massa folhada pronta

1 ovo batido para pincelar

1 Em uma panela grande, derreta a manteiga, acrescente o alho-poró e cozinhe em fogo médio por 1-2 minutos. Junte os cogumelos e cozinhe por mais 2 minutos. Coloque a farinha e mexa por 1 minuto, depois vá juntando o leite e o creme de leite aos poucos, mexendo sem parar, até o molho ferver e engrossar. Junte o queijo cheddar, a salsinha e mexa por mais 1-2 minutos. Retire do fogo.

2 Para fazer as tortas individuais, corte 4 discos de massa folhada do tamanho adequado para cobrir 4 travessas de cerâmica. Distribua o recheio igualmente em cada uma delas. Pincele as beiradas da massa com o ovo batido, coloque os discos de massa por cima, aperte um pouco e amasse as bordas com um garfo. Faça dois cortes no topo de cada torta para que o vapor possa escapar. Pincele a massa com o restante do ovo.

3 Asse em forno preaquecido a 220°C por 15-20 minutos, até a massa dourar. Sirva quente.

COZIDO DE RAÍZES DO INVERNO TERRÍVEL

Este cozido vegano saboroso é rico em vegetais saudáveis e perfeito para alimentar grupos maiores. O sabor fica mais apurado após algumas horas, então ele fica ainda mais gostoso no dia seguinte, basta aquecê-lo com cuidado. Sirva com pão de casca firme ou purê de batatas com alho.

Na passagem do ano 2911 para 2912 TE, a região de Eriador foi atingida por um inverno longo e gélido que causou escassez de alimentos e atraiu lobos brancos para o sul. Os lobos conseguiram cruzar o Brandevin congelado e chegar ao Condado. Os pobres habitantes do Condado só conseguiram sobreviver devido à ajuda de Gandalf e dos Patrulheiros do Norte.

Este cozido combina primorosamente vegetais invernais e ervas secas, dando origem a um sabor que poderia ser facilmente apreciado pelos hobbits durante aquele longo inverno, enquanto aguardavam ansiosamente pela primavera. A cada colherada, imagine-se no aconchego junto a uma lareira enquanto a neve cai lá fora, emanando gratidão pelo calor e pelo conforto de sua toca de hobbit bem equipada.

PARA 8-10 PESSOAS
PRÉ-PREPARO E COZIMENTO
2 A 2½ HORAS

INGREDIENTES

- 1 abóbora kabocha ou abóbora *butternut* grande, com cerca de 1,5 kg
- 4 colheres (sopa) de azeite
- 1 cebola grande bem picada
- 4 dentes de alho bem picados
- 1 pimenta-dedo-de-moça pequena, sem sementes e picada
- 4 talos de aipo, cortados em pedaços de 2,5 cm
- 500 g de cenouras, cortadas em pedaços de 2,5 cm
- 250 g de pastinacas, cortadas em pedaços de 2,5 cm
- 2 latas de 400 g de tomates pelados
- 3 colheres (sopa) de extrato de tomate
- 1-2 colheres (sopa) de páprica picante
- 250 ml de caldo de legumes
- 1 *bouquet garni* (um maço de salsinha, tomilho e louro)
- 2 latas de 500 g de feijões-vermelhos, escorridos e enxaguados
- sal e pimenta-do-reino
- 4 colheres (sopa) de salsinha bem picada para decorar

1. Fatie a abóbora ao meio e descarte as sementes e fibras. Corte a polpa em cubos, descartando a casca. Ao todo, deve sobrar cerca de 900 g de polpa.

2. Em uma panela grande, aqueça o azeite em fogo médio, coloque a cebola, o alho, a pimenta e frite até amolecer, mas sem deixar dourar. Junte a abóbora, o aipo e refogue lentamente por 10 minutos.

3. Acrescente a cenoura, a pastinaca, o tomate, o extrato de tomate, a páprica, o caldo e o *bouquet garni*. Leve à fervura, abaixe o fogo, tampe a panela e cozinhe em fervura branda por 1-1½ hora ou até que os vegetais estejam quase macios.

4. Acrescente os feijões e cozinhe por 10 minutos. Retire o *bouquet garni* e descarte-o. Tempere com sal e pimenta, depois polvilhe a salsinha picada para decorar.

DAHL DE ESPINAFRE COM TOMATE

Este dahl vegano é barato, substancioso, saboroso e saudável. Com seu óleo perfumado com especiarias indianas, com certeza vai se tornar um de seus pratos favoritos para o jantar. Sirva com pão tipo *naan* ou arroz basmati cozido e abafado no vapor.

Tolkien nos conta que dentre os Istari, os cinco magos enviados à Terra-média pelos Valar no ano 1000 TE, havia dois magos azuis — Alatar e Pallando —, que viajaram às regiões no leste da Terra-média, regiões estas vagamente inspiradas na Índia, Pérsia e China antigas. Tolkien não nos deu muitos outros detalhes sobre os magos azuis; talvez eles simplesmente tenham se apaixonado pelas culturas do oriente, incluindo suas culinárias repletas de especiarias aromáticas.

PARA 4 PESSOAS
PRÉ-PREPARO E COZIMENTO
1 HORA E 10 MINUTOS

INGREDIENTES

250 g de lentilhas vermelhas secas partidas
½ colher (chá) de cúrcuma em pó
2 pimentas verdes, sem sementes e picadas
2 colheres (chá) de gengibre fresco
   descascado e ralado
1 l de água
1 lata de 400 g de tomates picados
250 g de folhas de espinafre baby
sal

Para o óleo de especiarias
1 colher (sopa) de óleo de girassol
1 chalota, cortada em fatias finas
12 folhas de curry
1 colher (chá) de grãos de mostarda-preta
1 colher (chá) de sementes de cominho
1 pimenta vermelha seca, quebrada em
   pedaços pequenos

1 Para fazer o dahl, enxágue e escorra as lentilhas. Coloque-as em uma panela grande com a cúrcuma, as pimentas, o gengibre e a água. Leve à fervura, reduza o fogo e cozinhe em fervura branda, sem tampar, por 40 minutos ou até que as lentilhas quebrem e engrossem o caldo.

2 Acrescente o tomate e cozinhe por mais 10 minutos ou até engrossar. Junte o espinafre e cozinhe por 2-3 minutos, até que as folhas murchem.

3 Prepare o óleo de especiarias. Em uma frigideira pequena, aqueça o óleo, depois junte a chalota e cozinhe em fogo médio-alto por 2-3 minutos enquanto mexe, até que esteja bem dourada. Junte o restante dos ingredientes e cozinhe sem parar de mexer por 1-2 minutos, até que as sementes comecem a estalar.

4 Despeje o óleo de especiarias dentro do dahl, misture bem e tempere com sal a gosto.

FRANGO COM ESTRAGÃO DO TÚRIN TURAMBAR

O estragão, com seu sabor delicado que lembra o alcaçuz, é a combinação perfeita para o frango. Caso deseje, acompanhe este prato com uma salada verde. O frango também pode ser servido sobre um purê de batatas cremoso no lugar da massa.

Túrin Turambar, um dos heróis de Tolkien, cultiva uma vida de feitos corajosos que culminam em sua vitória sobre o temível dragão Glaurung. Sua história trágica, contada parcialmente em O Silmarillion, *é encontrada em versão mais completa numa obra póstuma de Tolkien chamada* Os Filhos de Húrin, *editada por Christopher Tolkien. Em nossa imaginação, este prato delicioso poderia muito bem ter proporcionado alguns momentos de tranquilidade para esse herói sisudo e angustiado durante sua desafortunada batalha para superar a desgraça lançada sobre sua família pelo maligno Morgoth.*

PARA 4 PESSOAS
PRÉ-PREPARO E COZIMENTO
20 MINUTOS

INGREDIENTES

250 g de macarrão tipo penne liso
sal
4 colheres (chá) de azeite
500 g de filés de peito de frango sem pele, cortados em tiras finas
500 g de abobrinhas em fatias finas
1 cebola grande, cortada em fatias finas
2 colheres (chá) de alho triturado
4 colheres (sopa) de pinoli
suco e raspas finas de 2 limões-sicilianos
8 colheres (sopa) de estragão picado
200 ml de *crème fraîche*
queijo parmesão ralado para servir

1 Em uma panela grande e alta, cozinhe a massa em água fervente levemente salgada por 8-10 minutos ou de acordo com as instruções da embalagem.

2 Enquanto isso, em uma frigideira grande, aqueça o azeite, junte o frango e cozinhe por 3-4 minutos até começar a dourar. Acrescente a abobrinha, a cebola e cozinhe por mais 5 minutos até que o frango esteja totalmente cozido e todos os ingredientes estejam dourados.

3 Junte o alho, os pinoli e cozinhe por 2 minutos sem parar de mexer, depois coloque as raspas de limão, o suco, o estragão, o *crème fraîche* e misture bem até esquentar, porém sem deixar ferver.

4 Escorra o macarrão, junte-o ao molho e misture até cobrir bem. Sirva com queijo parmesão ralado.

PEIXE ^{COM} FRITAS

Este prato tipicamente britânico, o *"fish and chips"*, aqui é apresentado numa versão mais saudável com batatas e peixe feitos no forno em vez de fritos por imersão. O prato também é incrementado com um molho cremoso de sabor cítrico para mergulhar as batatas.

Encontramos peixe com fritas em O Senhor dos Anéis *quando Sam se lembra da boa comida que estaria saboreando caso estivesse em casa e promete preparar esta iguaria para Gollum caso ele se comporte bem. Este prato pode parecer anacrônico, considerando as espadas e os imensos salões que dão um toque bastante medieval ao restante do livro, mas sua presença é crucial para a mitologia inglesa que Tolkien tenta criar. Não há nada mais tipicamente inglês do que peixe com fritas, então esta receita clássica parece ser um elemento cultural que transcende épocas.*

PARA 4 PESSOAS

PRÉ-PREPARO E COZIMENTO

1 HORA

INGREDIENTES

9 batatas farinhentas grandes, cortadas
    em bastões grossos de batata frita
2 colheres (sopa) de azeite
150 g de farelo de pão integral
raspas finas da casca de 1 limão-siciliano
3 colheres (sopa) de salsinha picada
4 filés carnudos de peixe branco, cerca
    de 180-200 g cada, cortados em
    4 pedaços cada
75 g de farinha de trigo
1 ovo batido

Para o molho de maionese com limão
1 ovo
150 ml de azeite
1 colher (sopa) de vinagre de vinho
    branco
raspas da casca de 1 limão-siciliano
    pequeno, mais 2 colheres (sopa)
    do sumo
2 colheres (sopa) de salsinha picada

1   Misture bem os bastões de batata com o azeite e leve para dourar no forno preaquecido a 200ºC por 30-40 minutos, virando de tempos em tempos, até que fiquem dourados e crocantes.

2   Enquanto isso, misture o farelo de pão com as raspas de limão e a salsinha. Empane os pedaços de peixe levemente na farinha, depois passe no ovo batido e termine passando na mistura de farelo de pão. Coloque em uma assadeira e asse junto com as batatas durante os últimos 20 minutos do cozimento destas, até a carne estar opaca e bem cozida.

3   Para fazer o molho cremoso de limão, bata com um *mixer* o ovo, o azeite e o vinagre de vinho branco até formar uma maionese espessa. Incorpore as raspas, o suco de limão e a salsinha.

TORTA DE PEIXE DO BRANDEVIN

Uma boa torta de peixe é uma das comidas mais reconfortantes que há. Esta torta cheia de sabor não precisa de nenhum acompanhamento além de uma simples salada de tomates ou alguns legumes verdes crocantes cozidos no vapor.

De acordo com Tolkien, a maioria dos hobbits não sabe nadar (os pais de Frodo morreram tragicamente em um acidente de barco muito antes de o início de O Senhor dos Anéis). Entretanto, o autor também explica que há uma exceção: os Brandebuques do outro lado do rio, na Terra dos Buques, que perambulam em barcos e são, portanto, considerados um pouco exóticos. O pub de Tronco, a Perca Dourada, recebeu este nome por causa desse peixe que os intrépidos e estranhos Brandebuques talvez pescassem no rio próximo.

PARA 4 PESSOAS
PRÉ-PREPARO E COZIMENTO
1 ½ HORA, MAIS O TEMPO DE INFUSÃO

INGREDIENTES

300 g de camarão descascado e limpo (descongelado)
300 g de filés de peixe branco, como hadoque, sem pele e cortados em pedaços pequenos.
2 colheres (chá) de amido de milho
2 colheres (chá) de grãos de pimenta-do-reino verde em conserva, enxaguadas e escorridas

1 bulbo pequeno de erva-doce, picado grosseiramente
1 alho-poró pequeno, aparado, limpo e picado grosseiramente
15 g de endro
15 g de salsinha lisa
100 g de ervilhas verdes frescas ou congeladas
5 batatas apropriadas para assar, cortadas em fatias finas
75 g de queijo cheddar ralado
sal e pimenta-do-reino

Para o molho de queijo
500 ml de leite
1 cebola pequena
1 folha de louro
50 g de manteiga
50 g de farinha de trigo
125 g de queijo tipo cheddar ou gruyère ralado

Página anterior:
rio Brandevin

1 Prepare o molho de queijo. Coloque o leite, a cebola e o louro em uma panela. Aqueça só até atingir a fervura, então retire do fogo e deixe em infusão por 20 minutos. Coe em uma jarra. Em outra panela, derreta a manteiga, junte a farinha e mexa rapidamente. Deixe cozinhar por 1-2 minutos, sempre mexendo, depois desligue o fogo e incorpore o leite aromatizado, pouco a pouco, batendo com um batedor de arame e deixando bem liso. Leve à fervura lentamente enquanto mexe e cozinhe por mais 2 minutos. Desligue o fogo e acrescente o queijo ralado.

2 Seque os camarões (caso tenham sido recém--descongelados) colocando-os entre folhas de papel-toalha e pressionando levemente. Seque também os pedaços de filé de peixe. Tempere o amido de milho com sal e pimenta e use a mistura para empanar os camarões e o peixe.

3 Quebre os grãos de pimenta levemente usando um pilão. Coloque os grãos de pimenta em um processador de alimentos com a erva-doce, o alho-poró, o endro, a salsa, um pouco de sal e bata até que fique tudo muito bem picado. Raspe as laterais do recipiente caso necessário, para não ficar nenhum grumo. Use uma concha para transferir a mistura para uma travessa refratária.

4 Distribua os camarões e os pedaços de peixe sobre essa mistura e mexa um pouco. Espalhe as ervilhas por cima de tudo. Com uma colher, distribua o molho de queijo por cima do recheio e espalhe grosseiramente com as costas da colher. Forme camadas de batatas por cima. Deixe que as fatias se sobreponham e tempere cada camada com sal e pimenta ao longo do processo. Use uma colher para distribuir o restante do molho por cima e espalhe para formar uma camada fina. Polvilhe tudo com o queijo.

5 Asse em forno preaquecido a 220ºC por 30 minutos, até a superfície ganhar uma tonalidade dourada clara. Reduza a temperatura para 180ºC e asse por mais 30-40 minutos, até que as batatas estejam completamente macias e o peixe esteja bem cozido.

PACOTINHOS DE PEIXE NA FOLHA DE UVA DE NÚMENOR

Esta refeição de sabor mediterrâneo vai impressionar seus convidados. As folhas de uva agregam um toque adstringente delicioso ao peixe, mas você também pode usar papel-manteiga caso não as encontre. Se for difícil encontrar pargo, sua peixaria mais próxima poderá lhe ajudar a escolher outro tipo adequado.

Na Segunda Era, Númenor é uma grande ilha-reino nos Mares Divisores, a oeste da Terra-média, criada como recompensa aos homens que se juntaram aos elfos e aos Valar na luta contra Morgoth. O povo de Númenor é presenteado com vida longa e se torna conhecido por seu artesanato e sua habilidade no mar.

Estes pacotinhos de peixe com folha de uva são inspirados nas águas calmas e mornas ao redor dessa "ilha dos abençoados". Ficam uma delícia grelhados, podendo ser servidos como prato principal em um dia quente de verão. Caso deseje um banquete com temática de Númenor, sirva-os com a Salada Quente de Figo com Presunto Cru e Gorgonzola (página 76).

PARA 4 PESSOAS
PRÉ-PREPARO E COZIMENTO
30 MINUTOS

INGREDIENTES

6 colheres (sopa) de azeite

2 colheres (sopa) de suco de limão--siciliano

2 colheres (sopa) de endro picado

2 talos de cebolinha picados

1 colher (chá) de mostarda inglesa em pó

8 folhas de uva em conserva de salmoura, escorridas

4 pargos com aproximadamente 350 g cada, sem escamas e sem entranhas

4 folhas de louro

4 ramos de endro e mais alguns para decorar

sal e pimenta-do-reino

gomos de limão-siciliano para decorar

1 Pegue 4 pedaços de barbante culinário de aproximadamente 30 cm de comprimento e coloque-os de molho em água fria por 10 minutos.

2 Em uma tigela, ponha o azeite, o suco de limão, o endro picado, a cebolinha, a mostarda em pó, o sal e a pimenta, e misture bem. Lave e seque as folhas de uva e organize--as em pares, deixando sobrepor um pouco.

3 Faça vários cortes nos dois lados de cada peixe e esfregue bem cada pedaço com um pouco da mistura de azeite com limão. Recheie a cavidade interna de cada peixe com uma folha de louro e um ramo de endro. Coloque cada peixe sobre um par de folhas de uva e embrulhe firmemente. Pincele com um pouco da mistura de azeite com limão e prenda com o barbante molhado para que as folhas não saiam do lugar.

4 Grelhe os peixes por 4-5 minutos de cada lado em uma churrasqueira ou sob um gratinador ou grill de forno preaquecidos, pincelando com um pouco mais da mistura de azeite com limão caso necessário, até ficarem levemente tostados.

5 Deixe os peixes descansarem por alguns minutos, depois descarte o barbante e as folhas de uva e tempere com o restante da mistura de azeite com limão. Decore com ramos de endro.

ESPETINHOS DE CORDEIRO COM ALECRIM

Se quiser uma versão desta receita com toques do Oriente Médio, prepare os espetinhos como descrito a seguir e sirva-os dentro de pão sírio aquecido, com alface cortada em tiras, tomates fatiados e regados com um molho à base de iogurte natural, *tahini* (pasta de gergelim) e um pouco de suco de limão-siciliano.

PARA 4 PESSOAS

PRÉ-PREPARO E COZIMENTO
15 MINUTOS, MAIS O TEMPO DE GELAR

INGREDIENTES

500 g de pernil de cordeiro desossado e
  moído na faca ou moedor
1 cebola pequena bem picada
1 dente de alho triturado
1 colher (sopa) de alecrim picado
6 anchovas em conserva no óleo,
  escorridas e picadas
azeite para pincelar
sal e pimenta-do-reino

Para a salada de tomate com azeitonas
6 tomates maduros cortados em gomos
1 cebola roxa fatiada
125 g de azeitonas pretas sem caroço
algumas folhas rasgadas de manjericão
sal e pimenta
3 colheres (sopa) de azeite extravirgem
1 espremida de suco de limão-siciliano

1 Em uma tigela, misture a carne de cordeiro com a cebola, o alho, o alecrim, as anchovas e um pouco de sal e pimenta. Use as mãos para amassar e incorporar bem os ingredientes. Divida em 12 porções de tamanho uniforme em formato de croquete. Refrigere por 30 minutos.

2 Coloque os bolinhos de carne em espetos de metal, pincele-os com azeite e asse por 3–4 minutos de cada lado em uma churrasqueira ou sob um gratinador ou grill de forno preaquecidos, até que estejam bem cozidos.

3 Enquanto isso, prepare a salada. Em uma tigela, misture os tomates com a cebola, as azeitonas, o manjericão e tempere com sal e pimenta. Regue com azeite e esprema um pouco de sumo de limão-siciliano por cima. Sirva os espetinhos com a salada.

A Casa de Marach (posteriormente conhecida como Casa de Hador) é o terceiro povo dos homens (ou edain) a migrar para Beleriand durante a Primeira Era. São os mais belicosos dos edain, os mais numerosos e os mais altos e belos — muitos dos grandes heróis dentre os homens de O Silmarillion pertencem a essa casa ou descendem dela.

Estes espetinhos grelhados de cordeiro são inspirados na longa jornada da Casa de Marach até Beleriand ao leste, levando consigo suas ovelhas, cabras e cavalos. Os homens cozinhavam a céu aberto em seus acampamentos, hábito que tentamos simular usando uma churrasqueira. Você pode conseguir resultados semelhantes no fogão se usar uma frigideira daquela com sulcos para grelhados.

CORDEIRO ASSADO COM ZIMBRO

Este suculento cordeiro assado leva bagas de zimbro, além do clássico trio italiano composto de alho, alecrim e anchovas. Ao preparar a pasta de temperos, não hesite em socá-la com força no pilão, pois quanto mais lisa ficar, melhor o sabor penetrará na carne.

Uma das primeiras aventuras de Bilbo após partir do Condado com Thorin e Companhia é um encontro com três trolls mal-humorados cujos nomes, comicamente, são William, Bert e Tom. Os trolls estão "torrando" carne de carneiro em um espeto enquanto bebem cerveja e reclamam da monotonia de sua alimentação. Talvez esta receita a seguir convencesse os trolls do contrário, e a melhor parte é que você só precisa de um bom e velho forno em vez de um espeto difícil de manejar!

PARA 6 PESSOAS
PRÉ-PREPARO E COZIMENTO
2 HORAS

INGREDIENTES

2 colheres (sopa) de azeite
1 pernil de cordeiro, com cerca de 1,5 kg, sem o excesso de gordura
10 bagas de zimbro, 6 delas trituradas e 4 inteiras
3 dentes de alho triturados
50 g de anchovas salgadas, sem espinha e enxaguadas
1 colher (sopa) de alecrim picado, mais 2 ramos de alecrim
2 colheres (sopa) de vinagre balsâmico
300 ml de vinho branco seco
sal e pimenta-do-reino

1 Aqueça o azeite em uma assadeira na qual o pernil caiba certinho sem folga. Coloque o cordeiro e doure por todos os lados. Deixe esfriar.

2 Em uma tigela, use a ponta de um rolo de massa ou pilão para socar 6 bagas de zimbro, o alho, as anchovas e o alecrim picado. Junte o vinagre e misture bem até obter uma pasta.

3 Faça cortes por todo o cordeiro com uma faca afiada pequena. Espalhe a pasta por cima do cordeiro e esfregue bem para que entre nos cortes. Tempere com sal e pimenta.

4 Coloque os ramos de alecrim na assadeira e ponha a carne por cima. Regue com o vinho e coloque o restante das bagas de zimbro. Cubra a assadeira com papel-alumínio e leve à fervura, depois leve ao forno preaquecido a 160ºC e asse por 1 hora, virando a carne a cada 20 minutos.

5 Aumente a temperatura para 200ºC, tire o papel--alumínio e asse por mais 30 minutos, até que a carne esteja muito macia.

6 Sirva com a Estrela de Cenoura e Pastinaca com Mel e Especiarias (página 82) e uma porção de batatas ao forno.

Trolls

GUISADO DA CIDADE DO LAGO

Este prato vai perfumar sua casa com um aroma apetitoso enquanto a carne cozinha devagarzinho, até ficar macia a ponto de se desfazer na boca. Sirva com vagens crocantes e purê de batata ou batata-doce com manteiga, que vão absorver o delicioso molho.

PARA 4 PESSOAS

PRÉ-PREPARO E COZIMENTO
2 ½ HORAS

INGREDIENTES

875 g de paleta bovina, cortada em pedaços de 5 cm
1 talo de aipo
2 folhas de louro
750 ml de vinho tinto encorpado
300 ml de caldo de carne ou de galinha
2 cenouras cortadas em fatias de 3,5 cm
20 minicebolas em conserva, descascadas, porém inteiras
sal e pimenta-do-reino

Para os bolinhos de raiz-forte
150 g de farinha de trigo com fermento
75 g de banha picada
2 colheres (chá) de raiz-forte cremosa
3 colheres (sopa) de cebolinha-francesa em fatias finas
5-7 colheres (sopa) de água
sal e pimenta-do-reino

1 Tempere a carne com sal e pimenta e coloque-a em uma travessa grande que possa ir ao fogo e com uma tampa que vede bem. Coloque o aipo, o louro e regue com o vinho e o caldo. Leve à fervura, depois abaixe o fogo até atingir uma fervura muito branda, quase imperceptível, e cozinhe tampado por 1½ hora, mexendo de tempos em tempos.

2 Enquanto isso, prepare os bolinhos. Em uma tigela, misture a farinha com a banha, a raiz-forte, a cebolinha, o sal e a pimenta. Acrescente água o suficiente para formar uma massa macia, porém não grudenta. Enfarinhe as mãos e molde 8 bolinhas de massa.

3 Acrescente a cenoura, as cebolas e os bolinhos ao cozido. Tampe novamente e cozinhe em fervura branda por mais 45 minutos, até que os bolinhos fiquem leves e aerados. Coloque um pouco mais de água durante o processo caso o molho fique muito grosso. Retire do fogo e sirva.

Cidade do Lago

Bilbo é o Odisseu do mundo de Tolkien, com seu heroísmo definido não tanto por sua bravura ou habilidade com armamentos, mas por sua astúcia, e até mesmo por sua ambiguidade. Uma das maiores mostras da astúcia de Bilbo em O Hobbit *ocorre quando ele ajuda os anões a escaparem quando são aprisionados pelos elfos da Floresta das Trevas, escondendo-os nos barris de vinho vazios do Rei dos Elfos.*

Esses barris viajam pelo rio entre a Floresta das Trevas e a Cidade do Lago, onde os homens da cidade os reabastecem com vinho e hidromel antes de enviá-los de volta aos elfos. Os elfos, sem saber que os barris estão cheios de anões, cantarolam uma canção de despedida enquanto os empurram pelo rio, em direção às pradarias onde pasta o gado da Cidade do Lago. É uma operação de contrabando tão sagaz quanto o cavalo de Troia de Odisseu!

Esta receita foi inspirada na exportação de vinho da Cidade do Lago para a Floresta das Trevas, e mistura a carne com o vinho em um guisado de cozimento lento. Prepare este prato para se aquecer depois de um dia muito gelado. É uma receita perfeita para alimentar grupos ou para saborear ao longo de uma semana inteira.

COZIDO DE COELHO DO SAM

A carne de coelho pode ficar um pouco ressecada se não for preparada do jeito correto, mas um cozimento lento em um molho intenso garantirá que fique macia e suculenta. Você também pode usar coxas e sobrecoxas de frango como substituto para o coelho.

O cozido de coelho preparado na fogueira por Sam é um dos momentos mais icônicos em O Senhor dos Anéis, uma cena de conforto e uma lembrança de casa para Frodo e Sam antes da etapa final de sua jornada pelas montanhas rumo a Mordor. Sam lamenta a falta de um bom caldo e de "papas", mas consegue encontrar algumas ervas para agregar algum sabor. Felizmente, no mundo real temos mais ingredientes ao nosso dispor do que o pobre Sam tinha em Ithilien.

Elaboramos este cozido saboroso e reconfortante em homenagem ao cozido do mestre Samwise, usando ervas para complementar a carne saborosa e macia do coelho.

PARA 4 PESSOAS
PRÉ-PREPARO E COZIMENTO
2 ¾ HORAS

INGREDIENTES

½ colher (chá) de pimenta-do-reino moída
½ colher (chá) de pimenta-da-jamaica
2 colheres (chá) de folhas de tomilho ou sálvia bem picadas
3 colheres (sopa) de azeite
750 g de pedaços de coelho ou sobrecoxas de frango, sem pele
3 cebolas grandes fatiadas
2 colheres (chá) de açúcar refinado
3 dentes de alho espremidos
75 ml de vinagre de vinho tinto
300 ml de vinho tinto
50 g de extrato de tomate
sal
2 folhas de louro
salsinha lisa para finalizar

1. Misture a pimenta-do-reino, a pimenta-da-jamaica e o alecrim e esfregue na carne de coelho ou frango.

2. Aqueça o azeite em uma travessa grande de porcelana, com tampa e que possa ser levada ao fogo. Doure todos os lados da carne, em levas, até que esteja dourada por inteiro. Transfira a carne para um prato.

3. Coloque a cebola e o açúcar na travessa ainda quente e frite, mexendo com frequência, por aproximadamente 15 minutos, até caramelizar. Junte o alho e cozinhe por mais 1 minuto.

4. Acrescente o vinagre e o vinho. Leve à fervura e continue fervendo até reduzir cerca de ⅓ do líquido. Incorpore o extrato de tomate, coloque um pouco de sal, junte a carne e acrescente as folhas de louro.

5. Tampe e leve ao forno preaquecido a 150°C por aproximadamente 2 horas para a carne de coelho e 1½ hora para as coxas e sobrecoxas de frango, até que a carne esteja muito macia e o molho esteja espesso e brilhante. Prove e ajuste o tempero, depois finalize com a salsinha.

OS BANQUETES DE TOLKIEN

Não é coincidência que tanto *O Hobbit* quanto *O Senhor dos Anéis* comecem com banquetes, embora de tipos um tanto diferentes — um mais informal e improvisado em *O Hobbit*, quando Bilbo, impecavelmente hospitaleiro mas cada vez mais nervoso, se vê obrigado a servir um número cada vez maior de anões famintos; o outro, mais grandioso e bem organizado, em *O Senhor dos Anéis*, com uma cozinha enorme montada a céu aberto e cozinheiros contratados de todas as estalagens da vizinhança — serviço de bufê de escala "olifantina"!

Ambos os casos, por mais diferentes que sejam, servem à mesma função narrativa. Os dois retratam um mundo de alegria e abundância, ligado a sentimentos de afeto e segurança, paz e felicidade — em suma, todos os ingredientes que associamos ao conceito de "lar". Este é o lugar seguro que os hobbits de ambos os livros, amantes do conforto, precisam abandonar quando partem em suas missões em direção ao mundo externo perigoso e dão início à sua transformação em heróis.

Os banquetes também alimentam um sentimento importante de comunidade: o astuto Gandalf sabe que a melhor maneira de juntar Bilbo aos anões é ludibriando-os para que comam e bebam juntos — ainda que Bilbo seja um anfitrião meio relutante em Bolsão, sua versão mais aconchegante de um salão de festas!

Em *As Duas Torres*, encontramos um salão de festas propriamente dito, onde Tolkien destaca a função social do Salão Dourado quando Legolas o descreve como uma luz que brilha acima da terra. Ironicamente, quando Gandalf, Aragorn, Legolas e Gimli chegam a Meduseld, encontram um local melancólico e hostil, a antítese de festivo e hospitaleiro. A ausência de banquetes e festas aqui simboliza o apodrecimento do coração do reino e do coração do rei Théoden, envelhecido precocemente.

Ao pensar em Terra-média e bebidas, somos invadidos por imagens inevitáveis de jarras transbordantes de cerveja, que provavelmente são saboreadas em uma das muitas estalagens hospitaleiras do Condado ou da região de Bri. Contudo, os povos diversos do mundo de Tolkien consomem um leque muito mais amplo de bebidas — tanto alcoólicas quanto não alcoólicas —, desde as refrescantes bebidas de ent da floresta de Fangorn aos vinhos quentes e condimentados adorados pelos anões.

É PARA BEBER...

CHÁ DE ATHELAS

Este chá, com seu aroma inebriante de hortelã e limonete, é refrescante e revigorante. É uma boa bebida para ajudar na digestão após o jantar, ou servida como alternativa ao café.

PARA 4 PESSOAS
PRÉ-PREPARO E COZIMENTO
20 MINUTOS

INGREDIENTES

2 colheres (chá) de folhas de chá verde chinês tipo *gunpowder*
2 a 3 torrões de açúcar, e mais um pouco a gosto
1 maço grande de ramos e folhas de hortelã-pimenta e hortelã comum
1 maço pequeno de ramos e folhas de limonete

1 Coloque o chá verde e os torrões de açúcar em um bule para chá. Despeje um pouco de água fervente por cima e deixe em infusão por 5 minutos.

2 Junte as folhas de hortelã e limonete e compacte o máximo possível. Coloque mais açúcar a gosto e encha o bule até a boca com água fervente.

3 Coloque o bule junto aos vapores de uma panela de água fervente ou no fogão em fogo baixo caso ele possa ir ao fogo, ou então cubra-o com um pano para manter a temperatura. Deixe em infusão por 10 minutos.

4 Coloque 4 copos para chá em uma bandeja. Despeje um pouco do chá em um dos copos e volte a bebida ao bule. Segure o bule alto acima dos copos e despeje lentamente para formar bolhas na superfície do chá. Sirva imediatamente.

Tolkien imaginou sua Terra-média em quase todos os aspectos e com detalhes impressionantes — até a menor das ervas. A athelas, ou folha-do-rei, é uma erva de talo comprido usada por Aragorn para ajudar a curar Frodo quando este é ferido por uma lâmina Nazgûl no Topo do Vento. Essa planta tem um aroma sutil, puro e revigorante que fortalece tanto o corpo quanto a mente.

Nesta receita, imaginamos o sabor da athelas como uma combinação de hortelã e limonete, numa bebida que aquece, mas também refresca.

MIRUVOR

A água de rosas perfumada é a chave para este drinque cordial refrescante. Sirva-o em um dia quente com muitos cubos de gelo e um ramo de hortelã ou fatia de pepino. Um pouquinho desta bebida no gim-tônica cria um coquetel com ar oriental.

O miruvor é um revigorante cordial élfico feito a partir das flores de Yavanna e usado em festivais élficos. Em O Senhor dos Anéis, *Elrond presenteia Gandalf com um frasco de miruvor. Ele acaba sendo muito útil para a Sociedade quando todos o bebem para se recompor após a travessia traiçoeira e gélida pela montanha Caradhras.*

Esta bebida perfumada vai aquecer você em um piscar de olhos e ajudar a superar o próximo desafio em sua jornada — mesmo que seja uma mina abandonada onde se esconde um Balrog.

PARA 6-8 PESSOAS
PRÉ-PREPARO E COZIMENTO
15 MINUTOS

INGREDIENTES

450 g de açúcar cristal
225 ml de água
Suco de ½ limão-siciliano
100 ml de água de rosas

1 Coloque o açúcar e a água em uma panela de fundo grosso e leve à fervura, mexendo sem parar até que o açúcar se dissolva.

2 Acrescente o suco de limão e cozinhe em fervura branda por 5 minutos. Junte a água de rosas e continue cozinhando por mais 4-5 minutos. Deixe esfriar na panela e coe em uma garrafa ou jarra esterilizada.

3 Para servir, coloque alguns cubos de gelo em um copo, despeje 2-3 colheres (sopa) do cordial e complete com água fria. Este cordial pode ser armazenado na geladeira por 3-4 semanas.

CHOCOLATE QUENTE DO VELHO TÛK

Esta interpretação adulta e intensa do chocolate quente clássico leva um toque de pimenta e é o antídoto perfeito para um dia frio e cinzento. Você pode não colocar a pimenta se preferir, mas ela dá um calorzinho extra à bebida, muito bem-vindo na combinação de chocolate e rum.

O Velho Tûk — cujo nome correto é Gerontius Tûk — foi o 23º thain do Condado e um honorável antepassado tanto de Pippin quanto de Merry. Podemos imaginá-lo em sua velhice, acomodado em uma poltrona confortável nos Grandes Smials — a sede dos Tûks em Tuqueburgo —, bebericando este acolhedor chocolate quente marcado pela pimenta e pelo álcool. (É válido comentar que, talvez surpreendentemente, Tolkien nunca menciona chocolate em suas histórias, talvez por ter vindo do Novo Mundo.)

PARA 4 PESSOAS
PRÉ-PREPARO E COZIMENTO
25 MINUTOS

INGREDIENTES

50 g de cacau em pó
4 colheres (chá) de café instantâneo granulado
1 l de água fervente, usada separadamente
150 ml de rum escuro
100 g de açúcar refinado, mais 1 colher (sopa)
½ colher (chá) de canela em pó
1 pimenta vermelha grande, fresca ou seca, cortada ao meio

1 Em uma tigela, coloque o cacau e o café instantâneo, e misture com um pouco da água fervente até formar uma pasta homogênea.

2 Despeje essa pasta em uma panela grande. Coloque o restante da água fervente, o rum, o açúcar, a canela, a pimenta e misture. Cozinhe em fervura branda por pelo menos 20 minutos, até ficar bem fumegante.

3 Misture bem e despeje em copos resistentes ao calor.

VERSÃO NÃO ALCOÓLICA

PARA 4 PESSOAS
PRÉ-PREPARO E COZIMENTO
10 MINUTOS

INGREDIENTES

400 ml de água
4 bagas de cardamomo
3 colheres (chá) de café tipo arábica
moído muito fino
1 colher (chá) de cacau em pó
4 colheres (chá) de açúcar cristal

1   Em uma panela pequena, coloque a água e o cardamomo e vá acrescentando com cuidado as colheradas de café, cacau e por fim o açúcar. Misture tudo delicadamente, apenas na superfície da água, jamais tocando o fundo da panela com a colher.

2   Aqueça em fogo médio até pouco antes do ponto de fervura, puxando as beiradas da mistura gradativamente para o centro, formando uma espuma. Assim que estiver prestes a borbulhar, use uma colher para distribuir a espuma entre 4 xícaras de café e despeje o café com chocolate por cima. Deixe descansar por um minuto antes de beber, para que a borra de café assente no fundo das xícaras.

Página seguinte: Orcs

BEBIDA DOS ORCS

Esta bebida clássica com mel para aquecer nos dias frios é bem forte e uma ótima pedida para receber os amigos.

A bebida dos orcs é um líquido forte intenso, mas também revigorante. É a bebida que os uruk-hai, uma versão aprimorada dos orcs, forçam Merry e Pippin a beber enquanto os levam para Saruman em Isengard. Nossa interpretação desta bebida vai amortecer suas dores e manter seu ritmo sob os estandartes da escuridão pelo tempo que for necessário.

PARA 6 PESSOAS
PRÉ-PREPARO E COZIMENTO
25 MINUTOS

INGREDIENTES

1 l de sidra seca
125 ml de uísque
125 ml de suco de laranja
4 colheres (sopa) de mel
2 paus de canela
rodelas e cascas espiraladas de laranja
  para decorar (opcional)

1 Coloque todos os ingredientes em uma panela
  grande, tampe e cozinhe em fervura branda
  por 20 minutos, até ficar bem fumegante.

2 Misture e use uma concha para servir em
  copos resistentes ao calor. Decore com rodelas
  ou espirais de casca de laranja, se desejar.

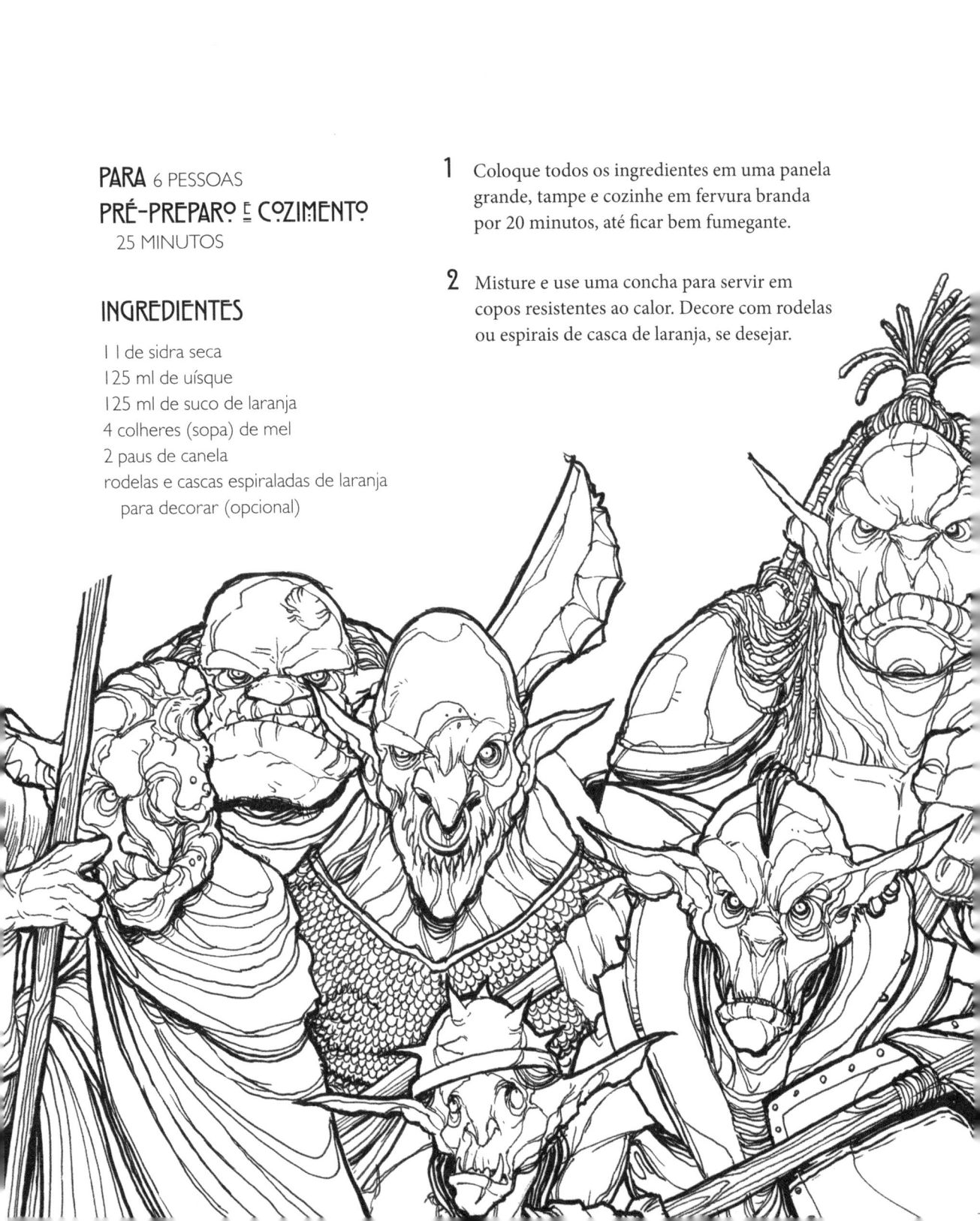

VINHOS QUENTES DE MORIA

O aroma delicioso de especiarias, frutas e vinho vai tomar contar do ambiente quando você preparar estas bebidas. Se quiser algo um pouco diferente do vinho quente tinto comum, experimente a variação com vinho branco. É uma bebida perfeita para ocasiões festivas em dias frios.

VINHO QUENTE TINTO

Quente, animador e com um toque a mais devido ao acréscimo de conhaque.

PARA 6 PESSOAS
PRÉ-PREPARO E COZIMENTO
25 MINUTOS

INGREDIENTES

1 garrafa de vinho tinto (não precisa ser um vinho caro)
300 ml de suco de maçã translúcido
300 ml de água
suco de 1 laranja
1 laranja fatiada em rodelas
½ limão-siciliano fatiado em rodelas
1 pau de canela cortado ao meio
6 cravos
2 folhas de louro
125 g de açúcar refinado
150 ml de conhaque ou outra aguardente

1 Coloque o vinho, o suco de maçã, a água e o suco de laranja em uma panela grande.

2 Acrescente a laranja, o limão, a canela, os cravos, o louro e por último o açúcar e o conhaque.

3 Tampe e cozinhe em fervura branda por pelo menos 20 minutos até ficar bem fumegante. Quanto mais tempo você cozinhar, mais intenso ficará o sabor. Use uma concha para servir em copos resistentes ao calor.

VINHO QUENTE BRANCO

Esta é uma versão mais leve e refrescante do que o vinho quente tinto, condimentada com sabores de Rhûn (orientais) de cardamomo, gengibre e anis-estrelado.

PARA 6 PESSOAS
PRÉ-PREPARO E COZIMENTO
15 MINUTOS, MAIS 20 MINUTOS PARA DESCANSAR

INGREDIENTES

750 ml de vinho branco
225 ml de água
1 pedaço de gengibre de 2,5 cm, descascado e cortado em fatias finas
2 anises-estrelados
1 pau de canela
3 bagas de cardamomo, levemente quebradas
2 colheres (sopa) de mel
4 cravos
2 tiras de casca de laranja com 4 cravos espetados

1 Coloque o vinho branco e a água em uma panela grande. Acrescente todos os outros ingredientes e aqueça lentamente em fogo médio até entrar em fervura branda.

2 Retire do fogo e deixe descansar por 20 minutos para fazer a infusão dos sabores.

3 Para servir, reaqueça com cuidado e sirva ainda quente.

Cavernas, mesmo as com entalhes e decorações maravilhosas, podem ser um pouco frias. É claro que os anões de um reino como Moria (Khazad-dûm) iriam deixar seus lares cavernosos mais confortáveis com lareiras flamejantes, e com certeza uma bebida quente e encorpada seria bem-vinda depois de enfrentar as nevascas das Montanhas Nevoadas até chegar a um de seus portões. Aqui apresentamos duas receitas que podem ser usadas para aprimorar até mesmo uma singela garrafa de vinho das terras dos homens.

HIDROMEL

O hidromel vem ganhando certa popularidade entre cervejeiros artesanais e *bartenders*. Pode ser feito em casa ou comprado pronto em lojas especializadas na internet. Use-o de forma moderna nos coquetéis apresentados a seguir.

O hidromel, também conhecido como vinho de mel, é uma das bebidas fermentadas mais antigas do mundo, encontrado pela Europa, Ásia e África. Também é encontrado por toda a Terra-média: Beorn serve hidromel para Thorin e sua companhia em O Hobbit; *em* O Senhor dos Anéis, *Frodo, Sam e Pippin encontram um grupo de altos-elfos enquanto ainda estão no Condado e ingerem uma bebida de mel cuja descrição se assemelha muito ao hidromel; e quando Celeborn e Galadriel se despedem da Sociedade do Anel, eles compartilham hidromel branco para celebrar a ocasião.*

RENDE APROX. 5 LITROS
PREPARO 2 HORAS, MAIS 1 ANO DE MATURAÇÃO

INGREDIENTES

5 l de água
1,2 kg de mel
suco de 1 limão-siciliano
1 pastilha de vitamina C
1 colher (chá) de levedura para vinho

1 Coloque a água, o mel, o suco de limão e a pastilha de vitamina C em uma panela grande de fundo grosso e leve à fervura para matar as leveduras naturais. (Se preferir, você pode esterilizar a mistura com o número adequado de pastilhas de esterilização apropriadas para este uso.)

2 Deixe o líquido esfriar e depois transfira-o para um garrafão. Acrescente a levedura de vinho e feche com um *airlock* esterilizado. A fermentação ocorrerá por aproximadamente 2 semanas e o sedimento começará a assentar.

3 Use um sifão para transferir o líquido para outro garrafão esterilizado e armazene em um local fresco e escuro. (Se conseguir deixá-lo em cima de um piso pesado de pedra, o sedimento cairá mais facilmente.) Extraia o hidromel novamente com um sifão.

4 Quando o líquido estiver translúcido, transfira-o para garrafas e armazene por pelo menos um ano — se conseguir resistir à tentação até lá

MEAD MULE

Nesta variação do coquetel clássico *Moscow Mule*, misturamos refrigerante *ginger ale* condimentado, hidromel adocicado e limão fresco.

PARA I PESSOA
PREPARO 5 MINUTOS

INGREDIENTES

50 ml de hidromel
2 colheres (chá) de suco de limão
150 ml de refrigerante *ginger ale*
cubos de gelo

Para decorar
I ramo de hortelã
I gomo de limão

1 Coloque o hidromel, o suco de limão e o *ginger ale* em um *mixing glass* para coquetéis e misture.

2 Despeje sobre cubos de gelo em um copo longo para coquetéis, sirva a bebida e finalize com 1 ramo de hortelã e 1 gomo de limão.

HIDROMEL FIZZ

Esta receita perfeita para um brunch festivo leva um toque de hidromel para aprimorar a tradicional receita do *Buck's Fizz*, um coquetel semelhante à Mimosa.

PARA I PESSOA
PREPARO 5 MINUTOS

INGREDIENTES

50 ml de suco de limão recém-espremido
2 colheres (sopa) de hidromel
100 ml de champanhe gelado

1 Coloque o suco de laranja e o hidromel em uma taça de champanhe, misture um pouco e preencha lentamente com champanhe.

BEBIDAS <u>NA</u> TERRA-MÉDIA

A bebida é parte importante da cultura na Terra-média, e cada um dos povos é mais associado a um certo tipo de bebida, em geral do tipo alcoólico.

Não deve ser nenhuma surpresa que os hobbits — cuja cultura reflete amplamente aquela Inglaterra do período eduardiano e do final do período vitoriano — gostem muito de cerveja. O Condado tem muitas estalagens e a cerveja flui em abundância em todas as refeições, banquetes e festividades. De acordo com Pippin, a melhor cerveja da Quarta Leste é produzida na Perca Dourada, em Tronco, mas o Pônei Saltitante, em Bri, frequentado tanto por hobbits quanto por humanos, também tem uma reputação excelente. No começo da Quarta Era, uma cerveja particularmente boa seria comparada às cervejas excepcionais de 1420 no Registro do Condado — o ano após o fim da Guerra do Anel, quando a colheita de cevada da Quarta Norte (entre outras colheitas) se mostrou excelente.

Homens também têm preferência por cerveja, mas o hidromel — produzido através da fermentação do mel com água — também parece ser muito consumido, especialmente pelos povos humanos mais nobres, como os beornings e rohirrim, cujas culturas foram inspiradas nos anglo-saxões, que bebiam muito hidromel. Em *O Hobbit*, Gandalf bebe pelo menos um litro de hidromel enquanto toma seu café da manhã no lar de Beorn, o chefe dos beornings, e esta bebida dourada e adocicada provavelmente também era servida em Meduseld, o Salão Dourado dos reis de Rohan, cujo nome vem da palavra inglesa antiga *maeduselde*, ou "salão do hidromel".

Embora saibamos que há vinhedos na Quarta Sul do Condado (entre os hobbits, Velhos Vinhedos é uma classificação respeitada), o vinho é uma bebida mais associada aos elfos. Em *O Hobbit*, o Rei dos Elfos da Floresta das Trevas tem muito apreço por vinho e possui uma adega extraordinariamente bem abastecida, além de um mordomo para cuidar dela. Seu vinho favorito é uma safra forte, bem alcoólica, de Dorwinion, no litoral do mar de Rhûn, a centenas de quilômetros de distância. Podemos facilmente imaginar que o povo extremamente civilizado de Númenor e o de Gondor que veio a seguir também são bebedores inveterados de vinho.

Nem toda bebida da Terra-média é alcoólica. Os ents — guardiões das árvores — em vez de comerem de maneira mais convencional, se nutrem e se refrescam com a bebida de ent, que é feita com água dos rios e armazenada em grandes potes de pedra. Essa bebida parece ter um poder quase sobrenatural que estimula o crescimento — Pippin e Merry crescem uns 5 ou 7 centímetros depois de consumir a bebida de ent durante o tempo que passam na floresta de Fangorn. Os elfos também têm o miruvor, um revigorante drinque cordial feito a partir de ervas (página 163).

ÍNDICE REMISSIVO

AGRADECIMENTOS DAS IMAGENS

Ilustrações da capa:

Dreamstime/Marina Korchagina; iStock/Vikeriya; iStock/Val_Iva; shutterstock/Irina Oksenoyd; shutterstock/curiosity; 123rf/Natalia Hubbert; istock/NataliaHubbert

Ilustrações da contracapa:
Lidia Postma; 123rf/Monamonash; Ana Zaja Petrak

Ilustrações internas:
Tim Clarey p.10, p.160; Michael Foreman p.50, p.132; Melvyn Grant p.7, p.74; Pauline Martin p. 101; Mauro Mazzara pp.28–29, p.54, p.63, p.90, p.152, p.155; pp.166–167; Ana Zaja Petrak p.3, p.17, p.36, p.66–67, p.89, p.106, p.151, p.157; Erea Piparo pp.22–23, pp.40–41, pp.86–87, pp.122–123; Sue Porter p.94; Lidia Postma p.5, p.8, p.58, p.111, pp.118–119, pp.144–145; Sarka Skorpikova p.32, p.104; p.129;

iStock:
Daria Ustiugova p.12–13, p.14, p.42, p.47, p.98, p.113, p.135, p.165, p.171; izumikobayashi pp.124–125; macrovector p.93; Mona Monash p.148; Nata_Kit pp. 127; Natalia Hubbert p.27; Olya Kamieshkova p.71, p. 83, p.97; Pleshko74 p.57, p.108, p.109, p.115, p.150; Vasabii p.49;

Dreamstime: Marina Korchagina p.78, p.79;

Shutterstock: Arxichtu4ki p.79; Irina Oksenoyd p.70, p.73;

123RF: Natalia Hubbert p.142, p.153; Monamonash pp.18–19, p.25, p.31, pp.38–39, p.46, p.65, p.80, p.81, p.139, p.147, p.168, p.169

TOLK